CONTENTS

JN230767

HAUNTED CAMPUS

八神森司
やがみ しんじ
大学生（一浪）。超草食男子。霊が視えるが、特に対処はできない。こよみに片想い中。
灘こよみ
なだ こよみ
大学生。美少女だが、常に眉間にしわが寄っている。霊に狙われやすい体質。
Characters introduction
イラスト／ヤマウチ シズ

HAUNTED CAMPUS
黒沼麟太郎《くろぬま　りんたろう》
大学院生。オカ研部長。こよみの幼なじみ。オカルトについての知識は専門家並み。
三田村藍《みたむら　あい》
元オカ研副部長。新社会人。身長170cm以上のスレンダーな美女。アネゴ肌で男前な性格。
黒沼泉水《くろぬま　いずみ》
大学院生。身長190cmの精悍な偉丈夫。黒沼部長の分家筋の従弟。部長を「本家」と呼び、護る。

HAUNTED CAMPUS
小山内陣
おさない　じん
歯学部に通う大学生。甘い顔立ちとモデルばりのスタイルを持つ。こよみの元同級生。
鈴木瑠依
すずき　るい
新入生。霊を視ることができる。ある一件を通じ、オカルト研究会の一員となる。

プロローグ

HAUNTED CAMPUS

「あんた顔つき変わってない？」

母親にそう言われたとき、八神森司《やがみしんじ》はひさしぶりの実家で皿を洗っていた。

話は一時間半前、母から「帰ってきたなら昼飯をつくれ」と命を受けたことにさかのぼる。

看護師をつとめる母は夜勤明けで疲れており、父はレトルトカレーを温めるくらいしかできない男なのだ。

「スパゲティでいいなら」

と申し出ると、いいと言われたので森司はキッチンに立った。

まず食料庫の奥から、スパゲティの乾麺《かんめん》を取りだした。冷蔵庫では消費期限切れ間近の釜揚《かまあ》げしらす一パックを見つけた。冷凍庫からは、凶器になりそうなほど凍った高菜漬けが発掘された。

森司は内心ほっとした。いかに家族相手とはいえ、いつもの「バター醬油《しょうゆ》のみ」、「めんつゆと柚子胡椒《ゆずこしょう》とオリーヴオイルのみ」といった貧乏パスタでは……と悩んでいたが、なんとかなりそうだ。

森司はまず、流水で高菜の解凍にかかった。その間に鍋《なべ》でたっぷり沸かした湯に、塩とスパゲティを放りこんだ。冷蔵庫に貼りつく、マグネットタイプのタイマーをセットする。

次いでフライパンでオリーヴオイルを熱し、刻んだ大蒜《にんにく》と鷹《たか》の爪《つめ》を炒《いた》めた。解凍した高菜を刻んで合わせ、香りが立つまでさらに炒める。

ガーデニングにいそしむ父が、掃き出し窓のガラス越しに見えた。

やがてタイマーが鳴った。

硬めに茹《ゆ》であげたスパゲティを、間髪容《い》れずざるにあける。高菜と大蒜のオイルソースが煮立つフライパンへ投入し、出汁《だし》醬油で味をととのえて混ぜあわせる。

適当な頃合いで皿にとり、釜揚げしらす、ちぎった味海苔《のり》、刻み大葉をトッピングして出来あがりだ。スープは面倒だったので、市販のコンソメスープを湯でといた。

掃き出し窓を開ける。

「父さん、めしできた。冷めないうちに母さん起こして」

「おう、悪いな」

そうして親子三人水入らずのランチをとり、食休みを挟んで、皿洗いにとりかかったところで、

「あんた顔つき変わってない?」

と、母に冒頭の台詞《せりふ》を言われたのである。

言われた森司は、思わずぎくりとした。

べつにやましいことがあったわけではない。ただ――ただそう、心あたりがあったのだ。

つい先日、彼は勇気を振りしぼって、意中の乙女に心のたけを打ち明けたばかりだった。と言ってもあくまで当社比の勇気であり、乙女と交際にいたったわけではないが。

「ど、どう変わったかな」

声がうわずらぬよう留意しつつ、森司は訊《き》いた。

「うーん」

母は考えこんで、

「なんか、気持ち悪い」

と断言した。

森司はがっくり肩を落とした。そんな息子の様子に母は露も気づかず、

「うちの子じゃないみたいだわ。雰囲気がおっさん臭くなったというか、無邪気さが消えたというか……」

「そ、そこは大人っぽくなったと言ってくれよ」

森司は叫んだ。

「もういい」と言って彼はその場を離れた。しかしきっちり皿を洗い終えてから「もう

いい」と言いはなったあたりが、八神森司の事なかれな性格を物語っていた。

キッチンを出て、意味もなく廊下をうろつく。

突き当たりには、父自慢のヒーター付き室内温室があった。

父の趣味は植物一般、とくに蘭の栽培だ。数年前にボーナスで買った温室は強化ガラス製で、大型キャビネットほどの大きさである。森司よりも背が高い。

並んでいるのは胡蝶蘭《こちょうらん》、オンシジューム、カトレヤ、ヒスイランなどの鉢だ。顔ぶれは変わっていない。いないはずだが――知らぬ間に、印象がだいぶ変わった。

――親父、こんな趣味だったっけ？

森司は首をかしげた。

鉢が簡素な素焼き鉢ではなく、モダンかつカラフルな陶器の鉢に変わっている。棚も段ごとに高さを変えたせいで、ぐんと見栄えがよくなった。気づけば霧吹きやシャベルまで洒落《しゃれ》た品に変わり、鉢のバークにはそれぞれネームプレートが挿さっていた。

「そのプレート、いいだろ」

ひらいた窓越しに、父が話しかけてきた。

「フォロワーさんに教えてもらったんだ」

「ふぉろわー？」

森司は耳を疑った。

いつの間にそんな横文字を覚えたというのか。ついこの前まで、メールの漢字変換もおぼつかなかった父が。スパムメールにいちいち返事をして、いらぬ事態を引き起こしていたあの父が。

「父さん、SNSはじめたんだ？」

「おう。いいもんだぞ、趣味を通して友達ができる。精神年齢も若くなるな」

父は得意げにそっくりかえった。

「それよりおまえ、そんなしげしげ眺めてどうした。興味あるのか」

「ああ、うん。アパートでサボテンを育ててるから」

「サボテンか。あれは育てて増やす楽しみがあるらしいな。花も綺麗《きれい》だ。いつか咲いたら画像を送ってこいよ。おれのアカウントでアップしてやる」

森司はひかえめに「ありがとう」と流した。そして、

「このネームプレート、どうやってつくるの」と尋ねた。

コルクボードと針金を組み合わせたらしいプレートで、なかなか可愛らしい。各々《おのおの》の鉢にジョン、ポール、ジョージ、リンゴ、フレディ、ブライアンと、スタンプで押したらしいアルファベットが並んでいる。

父が歯を見せて笑った。

「そんなの簡単だぞ。だいたいの材料は百均ショップで揃うしな。よかったら一つ二つ、つくってやろうか」

「あー……いや、いい」

森司は手を振った。

「教えてくれれば自分でやる。人にまかせたくないから」

脳裏に浮かんでいたのはもちろん、アパートの自室に置いた鉢——意中の乙女の名をこっそり付けた、大切なサボテンの鉢であった。

第一話　おしゃべりな傷口

HAUNTED CAMPUS

1

「人面瘡《じんめんそう》——なんていうのは、オカルトの部類に入るんでしょうか？」

うかがうような目つきで、法学部二年だという男子学生、須賀原柊介《すがわらしゅうすけ》はそう言った。

ところはお馴染《なじ》み、雪越《せつえつ》大学の部室棟である。

大学構内の最北端に建つ部室棟の中でも、いっとう北端に位置するのが、このオカルト研究会の部室だ。まわりを鬱蒼《うっそう》とした常緑樹に囲まれているため、四季を問わず湿って薄暗い。

代わりのように季節感を主張するのは、部室の中央に据えられた長テーブルの上の菓子盆だった。今日の顔ぶれはかぼちゃのマドレーヌ、さつまいものタルト、洋梨入りパウンドケーキである。

そのほか冷蔵庫にはかぼちゃプリン、タルト・タタン、安納芋と抹茶のアイスクリームなど差し入れがぎっしり詰まっている。

どれも過去の相談者からの、感謝をこめた差し入れだった。部長の黒沼麟太郎《くろぬまりんたろう》が大の甘党と知って、手に手に持ち寄ってくれるのである。

かように山と積まれた菓子のおかげで、普段のオカ研はほとんど『お茶会サークル』と言っていい。菓子を食べコーヒーを飲み、きゃっきゃうふふと部員同士で雑談にいそしむのが常態だ。壁に貼られた魔術師アレイスタ・クロウリーのポスターと、超自然現象に関する本を並べた本棚だけが、かろうじて「オカルト」の空気を残している。

しかしそんなお茶会サークルも、活動するときはする。

こんなふうに奇妙な相談者が来たときだ。

となれば部員は親身に彼らの話を聞き、内容によっては一丸となって解決につとめる──のだが。

「うん。ぼくは人面瘡は立派なオカルト案件だと思うよ。浅井了意《あさいりょうい》が奇談、怪談を集めて編纂《へんさん》した『伽婢子《おとぎぼうこ》』にも収録されてるくらいだしね。それより須賀原くん、お土産に持ってきてくれたこのケーキ、さっそくいただいていい？　こういうバタークリームって新鮮なうちに食べないと、味が落ちちゃうんだよね」

「え──あ、はい。どうぞ」

須賀原は一瞬目を見ひらき、すぐに「どうぞどうぞ」のジェスチャーをした。

部室には現在、黒沼部長、ＯＧで元副部長の三田村藍《みたむらあい》、現部員の灘《なだ》こよみ、そして森司の四人がいた。ちなみに藍がいるのは、今日が土曜ゆえである。

こよみは常どおりコーヒーメイカーの前に立ち、役目を誰にも譲ろうとしない。そして実際、彼女が淹《い》れるコーヒーは破格に美味《うま》い。夏の間は水出しアイスコーヒーが主だったが、先週からはホットコーヒーが復活した。

というわけで、残る三人では一番下っ端の森司が、化粧箱を開けてケーキを切り分ける羽目となる。

ちなみに須賀原柊介のお土産は、和栗と小豆《あずき》をふんだんに使った抹茶ロールケーキであった。部長が言うようにバタークリームを使っているのかもしれないが、見た目だけでは森司にはわからない。

「えーと、銘々皿と……あとナイフがいるな。それとフォーク、と」

あたふたと抽斗《ひきだし》を探しはじめる森司に、

「八神先輩、ここです」

灘こよみが小声で言う。

「あ、そうか。ごめ――」

不用意に伸ばした手が、ふと、こよみの手に触れかけた。

両者が慌てて手を引っこめたのは同時だった。火傷《やけど》でもしたような、咄嗟《とっさ》の反応だった。

むろん火傷はおろか、傷ひとつ付くはずがない。触れてさえいないのだ。

しかし二人は目をそらし、もごもごと「ごめん」、「いえ」と小声で言い交わして離れた。

　森司は銘々皿、ナイフと人数ぶんのフォークを携えて粛々とテーブルに戻り、こよみはふたたびコーヒーを淹れる作業に専念した。

「じゃあケーキとコーヒーも揃ったことだし、須賀原くん、人面瘡の話のつづきをお願いしていい？」

　黒沼部長がうながした。とはいえその目は眼前のケーキ皿に注がれており、手はフォークを扱うので忙しい。

「あ、はい……」

　毒気を抜かれたような表情で、須賀原はあらためて自己紹介した。

「ええと、さきほども言いましたが、法学部二年の須賀原です。本日はOBの尾《お》ノ上《うえ》さんからご紹介いただいて、お邪魔しました」

「ああ、『モナリザ』事件の、絵画愛好会の代表者さんね。懐かしいなあ」

　部長は鷹揚《おうよう》にうなずき、ロールケーキを二口三口ゆっくりと堪能《たんのう》しきってから、

「で、誰の体に人面瘡ができたの？　見たところきみじゃないようだ。きみは健康そうだし、とくにやつれてもいないからね」

「ええ、その……」

　須賀原は口ごもった。舌で唇を舐《な》めたが、口中が乾いていたのか、コーヒーをがぶり

と飲む。途端に目を見張った。想像以上に美味かったらしい。

彼はいま一度コーヒーを含んで、

「じつは、同じ学部の城内琴子《きのうちことこ》さんの体に……その、あれなようなんです」

と声を落とした。

「城内さんね。さしつかえないようなら、彼女とはどんな間柄なのか教えてもらえるかな」

「お付き合い、しています。もう一年近くになります。いままでは円満でした。彼女の性格が穏やかなこともあって、喧嘩《けんか》一つしてきませんでした。まさか初めてのトラブルが、こんな……。だから戸惑っているというか、いまだ半信半疑というか……」

須賀原は額を拭《ぬぐ》った。

「すみません、とりとめのないことばかり言って。事前に整理してきたはずなんですが、ぜんぶ吹っ飛んじゃったみたいで……」

「あせらないで。頭で考えた通りにしゃべれないなんて、誰でもあることよ」

藍が微笑んだ。

その笑顔に気がゆるんだのか、須賀原はほっと息をついた。

「あの、いくら恋人とはいえ、女性の体のことを他人に洩《も》らすなんてよくないと思うんです。でもこちらは、その、秘密を守ってくださるそうなので……」

「うん、そこは安心していいよ」

部長が請けあった。

「はっきり言って部長のぼくは、生きてる人間の個人情報にほぼ関心がない。それにオカ研《うち》の女性陣が目を光らせている限り、他学生に対するパワハラ、セクハラ、秘密漏《ろう》洩《えい》なんてまず不可能だ。よけいな心配はせず打ち明けてくれていいよ」

「はあ」

須賀原は再度、部長を上目づかいに見た。

藍、こよみ、そして森司へと視線を一巡させ、ようやく覚悟がついたのか、彼は吐息とともに語りだした。

2

「なあ、今日は大学来れそう？　まだ体調悪い？　無理しなくていいんだけどさ、えーと、あとでお見舞いに行く」

琴子の留守番電話にそう吹きこみ、通話を切って、須賀原はため息をついた。

夏休み明けから、恋人の城内琴子は大学に顔を出していない。

だが前期試験の結果はよかったようなので、しばらくは楽観視していた。

——とはいえ、さすがにそろそろまずい。

履修科目がほぼ同じなので、ノートは須賀原が貸せる。しかし出席点だけはどうにもならない。代返を許さない教授も多いし、病気ならば病欠届を出しておかないと、あとあとに響く。

ドイツ語の授業を終えると、時刻はちょうど昼どきだった。

須賀原は構内のローソンに向かった。粉末のポカリスエット、ゼリー飲料、フルーツヨーグルトなどを買いこみ、正門を出て琴子のアパートへ歩きだす。

「具合がよくないから、しばらく休みます」

と琴子から電話があったのは、先週の金曜だ。

それまでは何度電話しても、メールしても返事がなかったのだ。LINEは既読無視がつづき、スカイプにも応答はなく、SNSの更新は八月で止まっていた。

「しばらくって、どれくら……おい、琴子、琴子？」

通話はすでに切れていた。かけなおしたが、むなしい発信音が響くばかりだった。

翌日アパートを訪ねたが、琴子は顔も見せてくれなかった。須賀原は見舞いの果物を、ドアノブにかけて帰るほかなかった。

──あれからさらに三日待った。もう限界だ。

たちの悪い風邪ならば、引きずってでも医者に連れていこう。もしメンタル面の調子が悪いのだとしたら……それもやはり、医者に診せるしかない。

診断書さえ出れば、学生課に提出して休学を認めてもらえる。とにかく行動だ。ぐずぐずと手をこまねくばかりで、なにもしないのが一番の悪手だ。

琴子のアパートは、大学から徒歩十分足らずの角地に建っていた。

大学周辺に乱立する学生用物件の中でも、このアパートは比較的新しいほうだ。煉瓦《れんが》ふうの壁に、同じく赤煉瓦いろの屋根。白い縁どりの付いたヨーロピアンスタイルの窓が、女子学生に人気である。

須賀原は集合ポストの前に立った。

あたりを一応うかがってから、『城内』のポストを指で細く開ける。

予想どおり、郵便物が溜《た》まっていた。ダイレクトメールやチラシが、どう見積もっても半月ぶんは放置されている。

――いったい琴子は、いつから部屋を出ていないんだろう。

須賀原はひとりごち、琴子が住む一〇三号室へ向かった。

チャイムを押す。返事はない。

いま一度押してみた。やはり沈黙があるだけだ。須賀原はドアに口を付けた。

「――琴子?　おれだよ」

小声でそう言った。

「ポカリとかヨーグルトとか買ってきた。ろくなもん食ってないだろ?　食欲ないかもしれないけど、せめてこれだけでも受けとってくれ。これを渡して、顔を見たらすぐ帰るから」

嘘だった。しかしいまは、ドアを開けさせるのが先決だ。責めはあとで負うから、まずはなんとしても中へ入らねばならない。

「琴子」

哀願するような声が出た。

途端、インターフォンがかすかにぶつりと鳴った。

「……柊介くん？」

「琴子か」

須賀原はほっとした。よかった、予想よりしっかりした声だ。しかしその安堵《あんど》を、つづく琴子の言葉がかき消した。

「柊介くん、わたし、頭がおかしくなったかもしれない」

「――は？」

須賀原は耳を疑った。咄嗟《とっさ》に反応できない。

やっぱりメンタル面だったのか。でもこんな言いかたは妙だ。普通は「なにもする気が起きない」とか、「頭が痛い。だるい、気が重い」と言いはじめるのではないだろうか。逡巡《しゅんじゅん》していると、ドア越しに人の気配がした。

錠の開く音がする。ドアがひらき、琴子の顔が覗《のぞ》いた。

ルームウェアのままだ。むろん化粧していない。髪さえ梳《と》かしていないらしい。目の下にどす黒い隈《くま》が浮き、唇が色を失っている。

「琴子」

「帰って」

「いや、おれは――」

「帰って。もしかしたら、伝染するかも」

「大丈夫だよ。おれは健康だから。免疫力高いほうだから」

「病気じゃないの」

琴子はかぶりを振った。彼から目をそらしたまま、指でルームウェアの裾《すそ》をつまむ。

「……ここに、お腹の脇に痣《あざ》があるの、柊介くんも知ってるよね？」

「あ、ああ」

「こいつ、しゃべるの」

「え？」

「しゃべるのよ。ずっと、絶え間なくぶつぶつぶつぶつしゃべってる。わたしにだけ聞こえるように、『いい子ぶってるけど、本当は誰より性格悪い』、『一生懸命やってるふりがうまいだけ』、『ごますり女』、『男に媚《こ》びてる』、『馬鹿のくせにプライドだけ高い、くだらない女』って――」

須賀原は唖然《あぜん》としていた。

やはり琴子は、彼を見ない。

だがルームウェアの裾がゆっくり持ちあがっていく。肌が覗き、臍《へそ》が見えた。そして見慣れた薄赤い痣が――。

須賀原は息を呑《の》んだ。

痣があるはずの場所が、醜く盛りあがっていた。肉が隆起し、一面に皺《しわ》が寄り、赤茶けた瘤《こぶ》となって張りついている。

瘤には亀裂《きれつ》が走っていた。上部に短く二つ。下部に長く一つ。まるで目と口に見えた。しかも口らしき亀裂は呼吸するかのように、かすかな開閉を繰りかえしていた。ひらくごとに、吐息じみたなにかが洩《も》れる。

「これ、……柊介くんにも、見える？」

「琴子、こ、こいつは――」

こいつはなんだ、と言おうとした。だが、言葉にならなかった。

琴子ははじめて彼をまともに見上げ、微笑んだ。

「よかった。わたし以外の人にも見えるのね。わたし、頭がおかしくなったんじゃなかった。……ねえ、聞こえる？　いまもこいつが『馬鹿女』、『死ね』、『首を吊《つ》れ』って言ってるの、聞こえる――？」

琴子はやはり笑っていた。

美しい、透明な笑みだった。その唇がやさしい声で、見せちゃってごめんなさい、伝《う》染《つ》らないといいね、とささやく。

須賀原は気が遠くなるのを感じた。

「――というのが、一昨日《おととい》の話です」

須賀原はうなだれたまま、そう締めくくった。

「おれこそ頭が変だ、と思われるでしょうね。でも、ほんとうなんです。動画でも撮るべきだったのかもしれませんが、それはさすがに、彼女に失礼でしょう。だからおれの話だけで信じてもらうしかなくて――。でも、誓ってほんとうです」

「いやいや、べつに疑っちゃいないよ」

部長は手を振った。

椅子の背もたれに沈みこみ、胸下で指を組む。

「さっきも言った『伽婢子』には、山城国《やましろのくに》に住む男が人面瘡《じんめんそう》で苦しむ逸話が紹介されている。男の左腿《もも》にできた瘡《かさ》には目と口のような亀裂が走り、人の顔のように見えたそうだ。

この瘡がひどく痛むので、試しに口らしき亀裂に酒を注いでみると、瘡の顔が酔ったように赤くなった。また餅《もち》や飯を入れると、口を動かして飲みこんでしまう。そうやって食い物を与えていると痛みは止むが、与えずにいるとふたたび痛む。男は瘡を養うのに疲れ果て、すっかり病みやつれてしまった」

「それで、どうなったんです」須賀原が問う。

「百合《ゆり》科植物の茎を煎《せん》じた、貝母《ばいも》という漢方を瘡の口に押しこんだら快癒したそうだ。しかし解決編はいかにも取ってつけたふうで、信憑性《しんぴょうせい》が薄い。書き手が記したかったたのは奇病の治癒方法うんぬんではなく、『人面瘡』なる忌まわしい病そのものだったんだろう」

部長はつづけた。

「また同じく江戸《えど》時代に編纂《へんさん》された『甲子夜話《かっしやわ》』でも人面瘡は紹介されている。こちらには『瘡ノ象全人面ニ似リ。眼鼻倶全シ』、そして『凹ノ内各々皺紋有テ、宛目ヲ閉笑ヲ含ム之状ノ如。眼下ニ二小孔有テ、鼻孔ノ如シ。下ニ向ノ両傍モ亦各痕有。之一辺各々堆起シテ、耳朶ノ如シ。且患処惻トキハ動クコト有テ呼吸ノ如シ』と書かれているね。鼻や耳があるケースもあるようだが、人の顔に似た腫《は》れ物であること、宿主を悩まし、衰弱させる点などは同じだ」

立て板に水の調子で並べたてる。

須賀原は喉《のど》をごくりと動かした。

「昔から、よくあった……ということですか」

「さてね。わざわざ『奇談』として紹介するくらいだから、よくあったとまでは言えないだろう」

と部長は須賀原を制して、

「現代でも比較的受け入れやすい説は、母親の胎内で癒着したまま生まれた、結合双生児の一種だったという仮説かな。双頭の赤ん坊は九割強が死産だが、数例を医学書で見ることができるね。十八世紀の解剖医ジョン・ハンターは、頭蓋《ずがい》の上にもうひとつ首を乗せて生まれた子供の骸骨《がいこつ》を所有していた。ウィリアム・ダークスという男は二つの顔が中途半端に癒着した顔を持っており、三つの目と二つの鼻を持っていたそうだ。珍しい例としては、腹部から双子の弟妹《きょうだい》を〝生やしている〟症例もあったらしい。十七世紀のラザルス・コロレードにいたっては、ほぼ完全な弟の上半身を胸から生やしていた。その弟に意識はほぼなく、目は閉じて唇は半開き。だが成長している証拠に髭《ひげ》が生えていて、ジョアネスという名前まで持っていた。これら、体のどこかに〝第二の顔〟を持つ症例が、人面瘡の元ネタじゃないか——と考えるのは、そう的外れでもないんじゃないかな」

「そういえば手塚治虫《てづかおさむ》の『ブラック・ジャック』に出てくるピノコは、双子の姉の体にできた嚢腫《のうしゅ》から作った子よね。同作には、そのまんま人面瘡のエピソードもあるし」

藍が言う。部長は笑って、

「あったあった。あれは『ブラック・ジャック』らしいオチの話だったね」

と相槌《あいづち》を打ってから、真顔に戻った。

「と、つらつら言ってはきたけれど、ぼくとしちゃ人面瘡は人面瘡として、ありのままに受けとめたい。城内さん本人が『そいつはしゃべる』と言うならしゃべるんだろうし、彼女を責めると言うなら、それなりの知性と意思があるんだろう。問題はその意思が誰のものか、という点だ」

「誰の——って、どういうことです？」

須賀原の声が不安そうに揺れる。

「それはまだわからない」部長は澄まして答えた。

「まあ、まずは城内琴子さんに会ってみなくちゃね。人面瘡のエキスパートを見つけたとか適当に言って、会ってくれるよう須賀原くんから説得してみてよ。できれば彼女のアパートで、がいいな」

3

須賀原が帰ったあと、部員四人はロールケーキの残りをあらためて堪能《たんのう》した。

「うん。お高いバタークリームケーキは美味《おい》しい。生クリームは安いのでもそこそこいけるけど、バタークリームははっきり差が出るわ」

うなずきながら藍は言い、黒沼部長に尋ねた。

「泉水《いずみ》ちゃんと鈴木《すずき》くんのぶん、残しておかなくていいわよね？　二人とも今日はバイトで来れないらしいし」

「いいと思うよ。このケーキ日持ちしないもん。泉水ちゃんにはどうせあとで会うから、ぼくがカツ丼でも奢《おご》っとく」

黒沼泉水は部長の分家の従弟《いとこ》である。一年生の鈴木瑠依《るい》と同じく、オカルト研究会の部員であり、かつ強い霊感の持ち主だ。

このオカ研で霊感持ちなのは森司、泉水、鈴木の三人だが、全員〝視える〟だけで除霊だの御祈禱《きとう》だのはできない。それでも部長の長ったらしい蘊蓄《うんちく》、もとい多岐にわたる知識と、行動力だけでいままでしのいできた。

「しかし人面瘡って……どんなもんなんでしょうね？」

森司はおずおずと言った。できるだけさりげない口調を装ったつもりだったが、語尾が震えた。

「やっぱり若い女性の体のことですし、おれは見ないほうがいいですよね。城内さんだって、彼氏以外の男に肌を見られたくないでしょう。もし会えたとしても、人面瘡とのご対面はあくまで衣服越しで、ということで……」

「ああ、八神くん、グロいの苦手だもんね」

部長があっさり言う。

「べつに、無理に見ろと言う気はないよ。八神くんにはむしろ、人面瘡より城内さん本人を視てもらいたい。彼女の背後になにか立っていないか、悪いものが憑《つ》いていないかをね」

「それもまあ、あんまり視たくないですけど……」

森司は小声で応じた。

霊感持ちの宿命を持ちながら、彼は大の怖がりなのだ。ホラー映画も苦手だし、残酷描写が多めなサスペンス映画すら観られない。

そんな彼がなぜオカルト研究会に入ったかといえば、理由は一つだ。高校時代から片思いしている、黒髪の美少女とお近づきになりたかったからである。いま彼の斜め向かいに座り、ケーキを口に運んでいる灘こよみという美少女と。

「あ、ごめん。電話だ」

部長が言った。

シャツの胸ポケットで携帯電話が震えたらしい。席を立つと、電話を耳にあてたまま部室を出ていく。

藍がその背を見送り、悠然と言った。

「――で、どうしたの。八神くんとこよみちゃん、なにかあったわけ？」

あやうく森司は、含んだコーヒーを本棚に噴射するところだった。

こよみはといえば、一瞬ケーキを喉に詰まらせかけたらしい。目に見えて慌てふためく両名に、藍が片眉《かたまゆ》を下げて、

「さっきから雰囲気が変なのよねえ。緊張感が漂ってるというか、微妙に気まずいというか。喧嘩《けんか》してるんじゃなさそうだけど」

「け、喧嘩なんかしませんよ」

森司は咳《せ》きこみつつ言った。

「おれが灘に刃向かうわけないじゃないですか。いや違う、逆らうわけ――これも違うな。なんというか、ええと、彼女を怒らせるような反抗――じゃない。とにかく、おれ

たちが喧嘩なんて、絶っっ対にあり得ませんから！」

部室を静寂が覆う。

森司ははっとわれに返った。

「——す、すみません」

気づけば、なぜか息まで荒らげていた。落ちつこうと深呼吸する彼に、

「八神くん。そんな必死にならなくても、きみたちが仲たがいするなんて部員の誰も思ってないから。だから大丈夫」

どうどう、と藍が手で制す仕草をした。

「べつに責めてもいないから、ね？　なにかあったなら二人で話しあえばいいだけだし、なにもなくていまの状態なら、もっと話しあえばいい。お節介かもしれないけど、いま二人に距離ができちゃうのは、もったいない気がするのよ。あたしが言いたいのはそれだけ」

言い終えて、コーヒーの残りを優雅にたしなむ。

はあ、とちいさく応《こた》え、森司はこよみを横目でうかがった。

一瞬視線が絡みあった——気がしたが、戻ってきた部長の声で、微妙な空気は雲散霧消した。

「泉水ちゃんからだったよ。やっぱりケーキ、いらないってさ。それよりカレーがいいって言うから、ぼくら新通《しんどおり》のＣｏＣｏ壱に行ってくるね」

真円にはわずかに足りない月が、秋の夜空を照らしている。草むらから聞こえる、楽器を奏でるがごとき音は蟋蟀《きりぎりす》だろうか、それとも鈴虫か、松虫か。

森司がアパートへ戻ったとき、時計の針は八時をすこし過ぎていた。重いバタークリームケーキのおかげで、時刻のわりには小腹がすいた程度だ。今日は冷や飯の残りでお茶漬けにしようと決め、床に帆布かばんを置いた。チェストに置いた、サボテンの鉢を見つめる。

「……可愛い」

思わず呻《うめ》きが洩《も》れた。

サボテン本体もむろん可愛い。そしてこのネームプレートも上出来だ。コルクボードを楕円《だえん》の型で抜き、Kではじまるあの子の名をローマ字でスタンプして、小洒落《こじゃれ》たピンチと針金でプレートらしく仕立てただけだが、かなり可愛い。思わず名前を呼びたくなってしまうくらい愛らしい。

その証拠に、無意識に二度ほど乙女の名をつぶやいてしまった。一応釈明しておくが、断じて呼び捨てではない。慈しみと敬意と愛情をこめて、いつも内心で呼んでいる呼び名のままである。ちなみにネームプレートも、もちろんちゃん付けだ。

――これはやっぱり、記念に残しておくべきだな。

携帯電話を構えつつ、つい数時間前のやりとりを思い出す。

藍さんの鋭さには恐れ入った。だがむろん不快とは思わなかった。気づいてもらえて嬉《うれ》しかったくらいだ。

——こよみちゃんとは気まずいというか、まあ気まずいんだけど、けしてマイナスな感情ではないわけで、かといってどういう態度をとっていいかわからないのは、変わりないわけで。

要するに、藍の指摘が正しい。

ぎこちないし、緊張感が漂いつづけている。

——だって、ほら、あれだよ、あんな綺麗《きれい》な子がおれを。

いや綺麗なだけじゃない。聡明《そうめい》で性格が良くて、凛《りん》としていて、一見とっつきにくいが、たまにちょっと抜けていて。しかも愛らしくて礼儀正しくて真面目で、おとなしそうなわりに芯《しん》が強くて、知的かつ清楚《せいそ》なあの子が、まさかおれなんかのことを——その、好きかもしれないなんて。

森司はかぶりを振った。

そして壁際の万年床へ走ると、枕の下から薄いタウン誌を引っぱり出した。

おそれおおくも、かの美少女と『今月のベストカップル』として載ったページをひらき、サボテンの横へ立てかける。

森司はカメラ機能にした携帯電話を構え、二度、三度とシャッターを押した。写りを確認し、さらに五度、六度と撮る。

中でももっとも満足いった写りを、森司は待ち受け画面に設定した。

これでいい。これで大学にいるときでも、己の成果を目で確認することができる。

たとえこの喜びがなにかの間違いであり、大いなる誤解で、一瞬のきらめきに過ぎなかったとしても悔いはない。

総じて良い大学生活だった。いやまだ終わってはいないが、何十年後かに振りかえったときも間違いなくそう思える。思えるはずだ——。

そう自分に言い聞かせ、森司はタウン誌を枕の下へしまいなおした。

次いでラップをかけた冷や飯を冷蔵庫から取りだし、飯茶碗《めしぢゃわん》に盛ってから、水を張った鍋《なべ》をコンロにかけた。

そうしてシャツのボタンをはずしつつ、風呂場《ふろば》へ向かう。

シャワーを浴び終えた頃には湯が沸き、冷や飯も常温に戻っているだろう。特売の明太子《めんたいこ》と海苔《のり》、刻み茗荷《みょうが》、熱い茶で、美味《うま》い茶漬けが食えるはずであった。ちなみに茗荷はアパート付近に生えているもので、これも大葉と同じく勝手に採っていいとされている。

一歩ごとに服を脱ぎ捨てながら、森司はようやく風呂場にたどり着いた。

熱い湯の針を全身に浴び、目を閉じる。

——お節介かもしれないけど、いま二人に距離ができちゃうのは、もったいない気がするのよ。

藍の言葉が、鼓膜の奥でリフレインする。

森司はシャワーのコックをひねった。

4

城内琴子のアパート前に部員が集合したのは、火曜日の午前十一時だった。

平日ゆえ藍は仕事でいない。泉水も相変わらずのバイトで不在だ。代わりに今日は、鈴木瑠依がいた。秋口からトレードマークのモッズコートが復活している。

一〇三号室のドア前には須賀原が立った。すぐ後ろに黒沼部長、さらにその背後に森司、鈴木、こよみと連なっている。

須賀原はチャイムを押した。

たっぷり十秒ほどの沈黙ののち、インターフォンが応答した。

「……はい」

「琴子、おれだよ。一昨日《おととい》電話で言っただろ、奇病にくわしい先輩たちを見つけたって。その先輩たちを連れてきた。おれと一緒に、いま部屋の前にいるんだ。ドアを開けて、中に入れてくれないか」

「——……」

琴子はためらっているようだった。

しかしインターフォンを切る様子はない。森司たちは待った。

やがてチェーンのはずされる音がし、ドアがひらいた。

「……どうぞ」

琴子は確かにやつれていた。ルームウェアにカーディガンを羽織っただけの格好で、化粧気はなく、白目が充血している。急に痩《や》せたせいなのか、カーディガンがだぶついて見える。

――でも身だしなみを整えたら、きっと綺麗な子だな。

森司は思った。

化粧せずとも目鼻立ちがくっきりして、小柄だがスタイルも悪くない。とくに目立った点のない須賀原と、なぜ付き合うことになったのか不思議なくらいだ。

――なんて、おれが言う資格ないけどな。

おれとこよみちゃんじゃ、もっと格差カップルだ――と自戒しつつ、森司は部屋に上がるべく靴を脱いだ。ワンルームアパートの狭い三和土《たたき》は、五人ぶんの靴でほぼ隙間がなくなった。

「こんな格好ですみません」

琴子は謝罪した。

「でも、着替える気になれなくて。体にぴったりした服も、いまは着たくないですし……

…。自分の手で、触れるのだっていやなんです」

彼女は顔を引き攣《つ》らせていた。

のろのろとお茶を出そうとする琴子を「いや、おかまいなく」と部長は制し、

「城内さんは座って楽にしていて。お茶よりも、さっき言った『自分の手で触れるのもいや』なもの――。そちらの話を聞かせてもらいたいな。ぼくらがお邪魔した理由も、そこにあるわけだしね」

「こういう症例に、おくわしいんですか」

「人面瘡《じんめんそう》だけにくわしいわけじゃないが、奇病はある程度見慣れているよ。世の中にめずらしい病は無数にある。どんな症例だって起こり得る。奇病に罹患《りかん》したからといって患者に責任はないし、きみの頭がどうかしたとも思わない」

部長は淡々と言った。

「よかったら、見せてもらえるかな。もちろん城内さんがいやなら、無理強いはしない。年頃の女性が肌を見せたくない気持ちは理解できる」

「見せたくない、というか……」

琴子は言いよどんだ。まぶたを伏せる。

「気持ち悪い、ですよ」

「ぼくらは平気だよ。なんだったら、見るのはうちの女性部員だけでもいい。ぼくらはその間、後ろを向いてるから」

「いえ」琴子は首を振った。

「どうせ見せるなら、みなさんに一斉に見てもらったほうがいいです。長い間はいやですけど……十秒くらいなら」

なかば無意識にか、彼女は両腕で左の腰を守るような仕草をしていた。おそらくそこに、くだんの人面瘡が在るのだろう。

森司はまぶたを下ろし、半目になった。

琴子がカーディガンごと、ルームウェアをめくる。衣服が徐々に持ちあがっていく。左腰を見せるべく体をひねり、琴子は一同から顔をそむけていた。白い肌が覗《のぞ》いた。

ウエストのくびれのちょうど下あたりに——それは在った。

色は赤みを帯びた茶で、肉襞《にくひだ》のような皺《しわ》が寄っていた。大きさは直径十センチほどだ。平たい瘤《こぶ》のごとく隆起している。

須賀原が言ったとおり、それには目鼻らしき亀裂《きれつ》と突起があった。想像していたような、潰《つぶ》れて蛙じみた顔ではない。口らしき亀裂がかすかに、だが絶えず開閉している。

呼吸しているのか、食物を求めているのか、ともかく動物的な蠢動《しゅんどう》だった。呻《うめ》くような声が、ごく低く、ぼそぼそ、ぼそぼそと洩《も》れている。

森司は目をそらした。もう充分だった。

薄目でとらえてさえ、はっきりとグロテスクなしろものだ。こんな腫《は》れ物が若い女性の体にできるなんて、どんなに絶望しただろう。憐憫《れんびん》が喉《のど》もとまでこみあげた。

「ありがとう。もういいよ」

部長が言った。

琴子が服をおろす。誰かがほっと息をつくのがわかった。

部長が振りかえり、森司と鈴木を見やる。

「どうだった。二人とも、なにか感じた？」

「感じた、とまでは……でもなにか言っているらしいのは、わかりました」

森司は答えた。横で鈴木がうなずく。

「おれもです。なにを言うてるかまでは聞こえませんが、ひっきりなしにぼそぼそしゃべっとるようですね。聞いて気分のええ内容ではなさそうです」

「そうか。ぼくには全然聞こえない」

部長が腕組みした。

「須賀原くんはどう？」

「口が動いているのはわかります。でも内容はまったく。琴子が『いま、こう言った』と言うから、ああそうなんだ、と思うだけで」

須賀原は気づかわしげに手を揉《も》みあわせていた。森司が言う。

「悪意らしきものは感じます。どう言ったらいいのか、うーん、宿主を弱らせようとしている……けれど、とり殺そうというほどじゃない、って感じですね。エネルギーを絞りとって、細く長く寄生しようとしているような」

「冗談じゃない」

須賀原が叫んだ。

「細く長くなんて、こんな瘤に何年も寄生されたらたまったもんじゃない。第一、琴子の衰弱ぶりを見てください。これじゃろくに日常生活だって送れません」

「だよね。一刻も早く解決しないと」

黒沼部長はうなずき、琴子に目を戻した。

「城内さん、この人面瘡が現れた前後、生活に変化はなかった？　たとえば環境を変えたとか、中古品を購入したとか、新しい友人ができたとか」

琴子の瞳《ひとみ》が揺れた。

代わりに須賀原が答える。

「ぼくの知る限り、とくに環境の変化はないと思います。買い替えたのは掃除機くらいかな。でも家電量販店の新品ですよ。友人というか、増えた知人は、旅行先で出会った人くらいです」

「旅行に行ったんだ。どこに行ったの？」

「夏休みの終わり際、ドライブがてら二人で河口《かわぐち》湖まで行ってきました。朝早く出発すれば昼前には着くし、たまの遠出にはもってこいだと思って。富士山《ふじさん》を見て、富士急《ふじきゅう》ハイランドで遊ぶ定番コースでした」

「その道中で、誰かと知り合ったということかな」

「そうです。人面瘡と関係あるかわかりませんが、富士急ハイランド内のフードコートで、長野から来た大学生カップルと仲良くなりました。一緒にアトラクションをまわったり、写真を撮りあってSNSにアップしたり……」

「失礼だけど、彼らとなにか揉めたりしなかった？」

「揉めるって、喧嘩《けんか》したかってことですか。いいえ」

部長の問いに、須賀原はかぶりを振った。

「強いてトラブルといえば、琴子が乗り物酔いしたことと、道の駅で財布を落としたことくらいでしょうか。いえ、すぐに見つかったんですけどね。拾った人が、お店に届けておいてくれたから——、あ」

そこで言葉を切って、

「そういえば」と須賀原は琴子を見やった。

「琴子、そういえば帰りの道中で『痣《あざ》が痛む』って言ってなかったか？『頭が痛い。体がだるいし痣が痛い』って。鎮痛剤を飲んで、後部座席でしばらく寝たら治ったから、たいして気にしなかったけど」

琴子の視線がさらに泳いだ。

ややあって、彼女はためらいがちに「うん」とうなずいた。

「うん。……あのときは、ほんとうに治ったの。でも二日くらいして、また痛むようになって……。ある朝、ぶつぶつ言われるうるさい声で起きたら、これができていた」

「ふうむ」

黒沼部長は首をひねった。

「その大学生カップルのSNSアカウントはわかる？　あとでチェックしてみるよ。ちなみに財布を落としたのは、須賀原くんと城内さんのどっち？」

「琴子です」

「なるほど。じゃあそのときはすでに具合が悪かったのかな。乗り物酔いしたって言ってたもんね。それから、城内さん」

部長は琴子を正面から見た。

「人面瘡を、ちゃんと見た？」

「――え？」

琴子が目をしばたたく。部長は指をさして、

「いや、腰のやや後ろ側にあるから、体をひねっても城内さん本人には見えにくい角度でしょ。鏡に映してはみただろうけど、どれくらいしげしげと見たのかな、と気になって」

と言った。琴子が声のトーンを落とす。

「しげしげ――とは、見ていません。鏡に映したのも、ほんの一瞬です。そんなに長い間、見ていたいものじゃなかったし……」

「だよね。気持ちはわかるよ。でも申しわけないけど、一度でいいからじっくり見てほ

しい。もしかしたら心あたりのある〝顔〟かもしれないから」

「顔、って……」

琴子は絶句した。顔はいっそう血の気を失い、いまにも倒れそうに見えた。

森司は須賀原と琴子を見比べた。

須賀原は口を半びらきにして、唖然《あぜん》と恋人を見守っている。どうしていいかわからないといったふうだ。

そんな二人を後目《しりめ》に、部長がバッグからデジタルカメラを取り出す。彼があえて無神経を装っているのが、森司にはわかった。部長が微笑む。

「ごめんね。一枚だけ撮らせてくれる？　もちろん変なところは撮らないよ。ちゃんと画像を城内さん本人に確認してもらう。須賀原くん、悪いけど彼女の裾《すそ》を、ちょっとだけ持ちあげてくれる？」

「あ、はい」

須賀原が慌てたように首肯した。

琴子は身を硬くしている。しかし抵抗はしなかった。やめてくれとも言わない。態度に葛藤《かっとう》があらわれていた。見たくないという気持ちと、でもやはり確かめたいという、相反する感情が。

須賀原が裾をまくりあげた。

デジタルカメラのシャッター音が鳴る。宣言どおり、一枚だけの撮影だった。

「ありがとう」

礼を言い、部長はさっそくデータを確認した。

満足いく出来だったようで、首を何度か縦にしている。

「思ったとおりだ。……この人面瘡《じんめんそう》には、ちゃんとした顔があるね。全体の皺を光で飛ばすとわかりやすい。眉《まゆ》と黒目がなく、輪郭もあやふやだが、鼻の隆起があって目鼻のバランスが人面に準じている」

彼はカメラを琴子に手渡した。

「城内さん、確認してくれないか。もしかしてその顔は、きみの知る誰かに似ていない？　思いあたる人が──」

部長の言葉は、そこで途切れた。

琴子の反応は顕著だった。全身が瘧《おこり》のごとく震えはじめていた。視線はカメラの液晶モニタに注がれている。映しだされたデータを見つめたまま、微動だにしない。

彼女の唇がひらき、叫びがほとばしった。

「──お姉ちゃん！」

叫ぶと同時に、琴子は糸が切れたようにくずおれた。急いで須賀原が手を伸ばしたが、遅かった。

床に倒れた琴子は、完全に失神していた。

5

「遅れてごめん。どうも旋光計の調子がよくなくて。どこの大学もだろうけど、実験機器の老朽化問題はつらいねえ」

黒沼部長が、頭を掻《か》きながら部室に入ってくる。椅子に腰かけるより先に、彼は森司に顔を向けた。

「で、お昼に須賀原くんが来たんだって?」

「そうなんです。『今回の依頼はなかったことに』とだけ言って、帰っていきました」

「そっか。城内さんがあれからどうなったか、知りたかったのにな」

ため息をつき、部長は専用の椅子を引いた。

「部室にはそのとき、八神くんしかいなかったの?」

「いえ、おれと鈴木が」

森司は背後の鈴木を親指でさした。

「ローソンの弁当が五十円引きセールだったんで、二人してここで食ってたんです。そうしたら須賀原くんがどんよりした顔でやってきて、『すみませんが、今回の依頼はなかったことに。部長さんにもそうお伝えください。では』と……」

「そっか。そう言われちゃしょうがないね」

部長は眉を曇らせていた。

「今後が心配だけど、依頼もないのに強引に立ち入るわけにはいかない。かといって医者に診せたところで治る確率は低いし、まさか漢方医に貝母《ばいも》を処方してもらうつもりとも思えない――。彼、どうする気だろ」

「一生隠遁《いんとん》生活、とまでは思うてへんでしょうが」鈴木が言った。

「落ち着くまでひとりにしといたろう、とは考えよるかもですね。問題は〝落ち着く〟その日がほんまに来るかです。解決を先送りにして静観するのは楽ですが、けっして妙手とは言えません」

と無表情に語る彼自身、以前は数年にわたって引きこもり生活を送っていたのだ。

部長がうーんと唸《うな》って、

「ほうっておいてほしい、かかわらないでほしいという主張が、須賀原くん主体なのか城内さん主体なのかが問題だね。どちらにしろ、鈴木くんの言うとおり長引かせるのが一番よくない。放置したって解決しないのは確かなんだ。城内さんのメンタル面だって心配だし……」

ふたたび嘆息しかけたとき、部室の引き戸が開いた。

入ってきたのは灘こよみであった。左肩に愛用のトートバッグを下げ、右手には菓子屋の化粧箱を二つ提げている。

「おはよう、こよみくん。それ差し入れ？」

目ざとく化粧箱をさした部長に、こよみは「おはようございます。一つはそうです」と首肯した。

「もう一つは、城内さんのお見舞い用に。駅前の『ラフルール』で、ハロウィン仕様のラッピングがはじまったんですよ。中身の焼き菓子も、蝙蝠《こうもり》やかぼちゃ形で可愛いんです。女の子は見ただけでも気分が浮き立つと――」

「それだ！」

部長が叫ぶ。こよみは目をまるくした。

黒沼部長は揉《も》み手《で》をして、

「お見舞いだよ。その口実があったね。やっぱりぼくは駄目だなあ、そういう根本的なことが頭から抜け落ちる。よし、みんなで城内さんのお見舞いに行こう。会ってくれるかはべつとして、訪ねる理由はできた。お菓子に健気《けなげ》っぽい手紙を添えて、届けるだけでも届けてみよう」


アパートを訪ねたが、予想どおり琴子はドアを開けてくれなかった。

部長はドア越しに呼びかけ、直筆の手紙を添えた化粧箱をドアノブに掛けた。一同をうながし、敷地を出る。

さて横断歩道を渡ってバス停に、と一歩踏み出したところで、背後から声がした。

「あのう」

森司は振りかえった。

そこに立っていたのは、森司と同年代とおぼしき男女二人組であった。

立ち位置に微妙に距離があり、カップルには見えない。しかし顔に貼りついた薄ら笑いは、妙に似かよっていた。

「あのう、さっきあのアパートの一〇三号室をノックしてましたよね？　城内さんの友達ですかぁ？」

女のほうが、間延びした口調で言う。やはり顔はにやついたままだ。お世辞にも、感じのいい笑顔ではなかった。

戸惑う森司の代わりに、部長が答える。

「うん。同じ大学の友人。きみたちは？」

「あたしたちは中学時代の同級生です。心配して来てみたんですけどー、全然出てこないから、よけい心配になっちゃって」

どうだか、と森司は思った。

台詞《せりふ》の前半部分「中学時代の同級生」はほんとうだろう。しかしつづく台詞には真実味のかけらもなかった。声音に揶揄《やゆ》が滲《にじ》み、目は好奇心でぎらついていた。

男にいたってはそっぽを向き、携帯電話のカメラで琴子のアパートを撮っている。

――まさかこいつら、人面瘡について知ってるんじゃあるまいな。

森司はひやりとした。

「心配ってどういうこと？」

部長が笑みを崩さず、慎重に問う。

「城内さんはいま風邪で具合がよくないみたいだから、そのことかな？」

「風邪？　ああ、そうなんですかあ。でもあたしたちが心配なのはべつの理由ですよ、偶然SNSで見ちゃってねー。まあ城内さんは見られたくなかったかもだけど、世界中に発信してるんだからしょうがないですよねえ」

「SNS？」

「見てません？　あの子、彼氏と富士急ハイランドに行ったんですよ。どっかの大学生と撮った写真が、SNSにアップされたの。信じられます？　富士急ですよ、富士急。あり得ない。よく楽しめますよねぇ」

森司は鈴木と顔を見合わせた。

須賀原が話していた、長野のカップルと撮った写真をさすらしい。SNSとは、そのカップルのアカウントのことか。しかし琴子たちがなぜ富士急ハイランドに行って楽しんではいけないのか、さっぱりわからない。話が見えない。

黒沼部長の脳が、めまぐるしく動くのが傍目《はため》にもわかった。ここは知っているふりをして話を合わすべきか、それとも正直に「なんのことだ」と訊《き》くべきか。

部長は後者を選んだ。

「え、どうして城内さんが遊園地に行くとおかしいの。ああ、もしかして彼女が、乗り物酔いしやすい体質だからかな？」

いかにも無邪気を装って、微妙にピントはずれな問いを投げかける。

「違いますよお」

女のにやにや笑いがさらに大きくなった。

「遊園地に行くのがおかしいんじゃなくて、わざわざ富士急に行くのがおかしいってこと。大学の人たちってまさか、彼女のお姉さんのニュース知らないんですかあ？」

笑みははっきりと嘲笑《ちょうしょう》になっていた。

――彼女のお姉さんのニュース。

あのとき琴子は確かに「お姉ちゃん」と叫んだ。叫んだきり、失神した。

森司は目の前の女に嫌悪を覚えた。しかしここは、部長をアシストすべき場面だろう。

「ニュースってなんのことです？」

背後から、強いて口を挟んでみる。

答えたのは、琴子のアパートを撮り終えた男だった。

「四年前のニュース。河口湖のアレっすよ。覚えてません？　全国ニュースになって、そうとう騒がれたんすけど」

「河口湖ね。ごめん、ぴんとこないな」と部長。

「じゃあこう言えばわかるっすかね。――『土井《どい》樹里矢《じゅりや》くん事件』」

部長の眉《まゆ》がぴくりと動いた。男の言葉に、記憶の扉がひらいたらしい。

彼ほど優秀でない森司は、無表情を装いつつ必死で考えた。土井樹里矢くん。聞き覚えのある名だ。しかしどんな事件だったか思い出せない。海馬が反応してくれない。

「親子で河口湖を観光中に、息子さんの行方がわからなくなった一件ですよね。確か樹里矢くんは三、四歳の幼児でした」

と言ったのはこよみだった。

「捜索隊が湖に膝上《ひざうえ》まで浸《つ》かって、樹里矢くんを捜していたのを覚えています。――その件が、なにか？」

冷えた口調だった。

男は、ぽかんと口を開けてこよみを見つめていた。

その顔が、ゆっくりと赤くなっていく。もじもじと手を動かし、まだ握っていた携帯電話を、急いでジーンズの尻《しり》ポケットへ押しこむ。

いまさらながら、己のぶしつけな態度を自覚したらしい。しかも一部始終を、眼前の美少女に目撃されていたことも。

だが恥じ入る男とは逆に、女のほうは威勢を増した。

「〝その件がなにか？〟ですって？　やっだあ、とぼけちゃって」

いやらしく口真似をし、しなまで作ってみせる。

「そこまで知ってるってことは、城内さんとの関係もわかってるんでしょ。あなた、おとなしそうな顔して意外とゴシップ好き？　うふふ」

女はこよみに顎《あご》を突き出してみせた。

「そうそう、その件ですよぉ。城内さんの甥《おい》っ子の樹里矢くんがいなくなって、死体で見つかって、城内さんのお姉さんが自殺しちゃった一連の事件。それぜんぶが、たった四年前ですよ？　普通ならとうてい傷が癒える年数じゃないですよねえ。なのに、ちょっと故郷から離れたら、家族の痛みや悲しみなんてどうでもよくなっちゃうのかしら。歳が離れてるとはいえ、実のお姉さんが自分で自分の命を絶ったっていうのに。彼氏を作って、浮かれて遊園地まではいいですよ？　でもよりによって、行き先が富士急でしょ。信じられない。甥っ子が死んだ河口湖から、目と鼻の先よ？」

女の顔は愉悦に輝いていた。

唾液《だえき》で濡《ぬ》れた唇が光り、赤い舌が口内で躍っていた。

「だからあたしたち、城内さんが心配で訪ねてきたんです。城内さんが事件の前、逃げるように実家を出て進学したのも変だしね。住所？　ええ、親戚《しんせき》のかたに教えてもらいました。城内さんがもしナーバスになってたり、自棄《やけ》になっていたら止めてあげようと思って。人ってほら、やっぱり助け合いが大事じゃないですか。城内さんはあたしたちの中じゃ、国立進学組の出世頭だし？　こんなくだらないことで、つまずいてほしくないんですよね――……」

「あったよ。くわしい記事のキャッシュが残ってた」

6

愛用のマグカップごと、部長が片手を上げた。

一同で部室に戻ってから、彼はネットで古いニュースの検索をつづけていたのだ。

「えーと『山梨県南都留郡富士河口湖町《みなみつるぐんふじかわぐちこまち》において、4日から行方不明となっている土井樹里矢くん（3）。身長約90センチ。痩《や》せ形。当時、オレンジ色のシャツにカーキ色のズボンを穿《は》いていた。

行方不明者届が出された当日から、警察は200人態勢で現場の捜索に当たっているが、いまだ続報はない。また有志がチラシを配り、情報収集にあたるなど活動をつづけている。

樹里矢くんは4日、両親とともに観光のため富士河口湖町を訪れており、親が目を離した隙に行方がわからなくなったという。警察は付近の沢などに転落した可能性もあるとみて、現場から半径1キロを中心に捜索している。』……」

読みあげて、部長は眉根《まゆね》を寄せた。

「――これが四年前の、八月七日付の新聞記事だ。この二日後に樹里矢くんは発見されたが、残念ながら死亡していた。死因は溺死《できし》だそうだ」

「思い出しましたわ、その死亡事故」

　鈴木が言う。

「その頃おれ、絶賛引きこもり中でネット漬けでしたからね。親が匿名掲示板で、むちゃくちゃ叩《たた》かれてたんを覚えてます。母親のブログが晒《さら》されたり、そのブログにアップされた画像をもとに住所を特定されたりして、いわゆる〝祭り〟になっとった気ぃがしますが、違《ちゃ》いますか？」

「違わない。まさにその一件だよ」

　部長は苦い顔で答えた。

「ワイドショウ等で何日にもわたって報道されたせいか、かなりのバッシングが起こったみたいだね。両親の年齢が若いこと、子供の名前が派手なこと、乗っていた車種などから『ちゃらちゃらしたいいかげんな親に違いない』と決めつけられた。母親のブログが荒らされ、自宅の住所が晒され、『親が虐待して殺したんじゃないか』、『わざと置き去りにしたんだろう』とデマを流されるなどの騒ぎになった」

「ひどいですね」

　森司は眉をひそめた。

「おれはテレビもネットも熱心に観てなかったから、ぼんやりとしか覚えてません。記憶にあるのは樹里矢くんという子がいなくなったことと、数日後に死体で発見されたことくらいです」

「うん。八神くんくらいの感覚が一般的だと思うよ」

部長がうなずく。

「ネットで騒いでいたのはごく一部の人間だし、大々的に報道されたのは子供の死体発見までだ。ネットで粘着していた人たちだって、次の事件が起これば大部分はそっちへ移る。その後の家族まで追いかけるのは、よほど執着の強い変質者か、娯楽のない近隣の野次馬くらいのものだ」

「その後者を、まさに今日見ましたね」

うんざり顔で森司が言ったとき、部室の引き戸がかすかに開いた。

ゆっくりとひらいていく。暗い廊下があらわになる。

誰かと思いきや、顔を覗《のぞ》かせたのは三田村藍だった。いつもならもっと威勢よく入ってくるのに、遠慮がちな仕草がめずらしい。

部長も同じ思いだったようで、

「どうしたの藍くん。今日は平日——って、もう六時半か。それはそうとして、なんで入ってこないの？」

「お客さんを連れてきたのよ」なぜか小声で藍は言う。

「お客さん？」

「部室棟の前で長い間、入ろうか入るまいか悩んでるようだったから、つい声をかけちゃった。オカ研《うち》に用だって言うから、名前を訊《き》いてみたら——。とにかく、話を聞いてあげて」

そう言うと藍は脇へどき、背後の人物をやさしく前へ押し出した。森司は瞠目《どうもく》した。

藍の言う〝お客さん〟とは、城内琴子であった。

当然ながらルームウェアではない。しかし季節はずれの厚ぼったいロングコートに身を包んでいる。化粧はやはりしておらず、頬は青白いままだ。しかし先日会ったときより、わずかに目の光が強かった。

「今日は……あの、お見舞い、ありがとうございます」

琴子は頭を下げた。

「居留守してしまって、すみません。迷ったんですが……表に中里《なかざと》さんたちがいたから、ドアを開けたくなくて」

「中里さんたち──ああ、城内さんの元同級生だっていう二人組ね」

部長は首を縦にした。

「あの二人、きみがドアを薄くでも開けようもんなら、喜んで携帯電話のカメラを向けただろうね。彼らはいったい、何時間くらいうろついてたの？」

「お昼過ぎから来て二時間くらい、来ては帰り、来ては帰りしていたようです。新聞受けの隙間から外をうかがうたび、こっちを見ていたから驚きました」

「次から一一〇番するといいよ。ああいう手合いは自分が面倒ごとに巻きこまれるのは嫌いだから、一回でも職務質問されたらビビっちゃうはず」

部長は言って、琴子に椅子を勧めた。

「とりあえず、どうぞ座って。コーヒーは好き？　焼き菓子はお見舞いで届けたから、お茶請けはマロングラッセでもつまもうか」


窓の外が完全な漆黒に染まる頃、温かいコーヒーで人心地ついたらしい琴子は、ぽつりぽつりと話しだした。

「中里さんたちからきっと、いろいろ聞かされましたよね。みなさんが捕まっているの、わたし、部屋から見てました。止めに入れなくてすみません。わたしが出て行ったら、彼らを喜ばせるだけになりそうで……」

「それはまったく同感。出てこないで正解だったよ」

部長は笑った。その横で、こよみがうなずく。

琴子はこめかみを指で押さえて、

「ほんとうのことを言わなくちゃと思って、今日はここへ来たんです。中里さんがなにを言ったか知りませんが、いまからわたしが話す内容が、あの死亡事故の真実です。わたしは故郷を捨てたりしていないし、後ろ暗いことはなにもありません。姉だって、そうです」

琴子は顔を上げ、テーブルを挟んで座る部員たちをまっすぐに見た。

「姉は、甥《おい》を虐待なんかしていない。——あれは事故だったんです。とても不幸な、でも、ただの事故でした」

部長は黙っていた。

森司も、こよみも黙っていた。

中里というらしいあの女は、虐待については触れていなかった。姉の自殺について洩《も》らしはしたが、ほぼ琴子への悪意ある仄《ほの》めかしに終始した。しかしそれを言って、琴子の告白をさえぎろうとは誰も思わなかった。

琴子は膝《ひざ》で組んでいた指をほどき、

「この話は、できれば柊介くんには、内緒にしてください」

そう前置きすると、手で左腰を押さえた。

「――みなさんも薄うすお気づきだと思いますが、この人面瘡《じんめんそう》の顔は、姉の笙子《しょうこ》に似ているんです」

部長が「ちょっとごめん」と片手を挙げた。

「念のため訊くけど、その〝姉〟とは、樹里矢くんのお母さんのことでいいんだよね？河口湖の付近で行方不明になったという、土井樹里矢くんの」

「はい。うちは姉妹二人きりでしたから。……結婚して土井姓になった、わたしと八歳違いの姉です」

「歳がすこし離れているね。ということは四年前は城内さんは高校生で、お姉さんは二十三、四歳か」

「ええ。それも世間から叩かれる理由になりました。『三歳の子供の母親が二十三なら、間違いなくデキ婚だ』、『まだ遊びたい盛りに子供ができたから、厄介ばらいを企《たくら》んだんだろう』って――。なんの証拠もないのに。姉について知りもしないくせに」

琴子の頰が歪《ゆが》んだ。語尾が震える。

部長が言った。

「中里さんたちに会ったあと、申しわけないがぼくらもネットで記事を見なおしたよ。ひどいバッシングだったようだね。城内さんも大変な思いをしたんじゃない？」

「いえ」

琴子はかぶりを振った。

「わたし自身は、全然。当時わたしは実家を離れて、高校の寮に住んでいたんです。県内とはいえ中越《ちゅうえつ》の私立に進みましたから、同じ地元の子はいませんでした。〝土井樹里矢〟がわたしの甥だなんて、まわりに知る人はなかったんです。似てるね、と指摘されたことさえありませんでした」

琴子はかすかに笑った。自嘲《じちょう》の笑みだった。

「ひどいですよね。姉が子供を亡くして、自殺するほど追いつめられていたのに、わたしは保身のために知らん顔をしていたんですから」

「そんなことないわ」藍が言った。

「城内さんはまだ高校生だったんでしょう？　ただでさえ親もとを離れて心細いときに、

自分の居場所を守ろうとするのは当然よ」

潤んだ目で、「ありがとうございます」と琴子は洟《はな》を啜《すす》った。

「……樹里矢は、行方不明になった五日後、死体で発見されました。どこをどう歩きまわったのか、三キロ以上離れた沢で見つかったそうです。捜索中から過熱していた世論は、いっそう姉を批判するようになりました。『目を離すなんて母親失格』、『予想どおりの展開だ』、『鬼畜』、『警察は死因をちゃんと調べろ。体に不審な傷がないか精査しろ』と」

おぼろげに森司の記憶がよみがえりつつあった。

そうだ、四年前、自分もそんな世間の声を見聞きした気がする。ネットで、はたまた通学途中のバスや、人混みの中で。

けしていい気分ではなかった。だがすぐに忘れてしまった。自分には関係のないことで、叩《たた》かれているのはモニタの向こうの人たちでしかなかったからだ。

——でもいま、目の前に〝当事者〟がいる。

当事者であり、被害者遺族でもある女性が。胸に、どろりと黒い澱《おり》が溜《た》まった。

「いまだから言えますが、姉の笙子は十代の頃、いじめられて心因性の難聴になったことがあるんです」

琴子がつづける。

「機能障害ではなく、純粋な精神的ストレスによるものでした。本人も自覚していて、以後はなるべくストレスのない生活を送るようにしていたんです。義兄《あに》はぜんぶ理解した上で、姉を受け入れてくれました」

「こんな言いかたはあれだけど、お義兄《にい》さんもお姉さんと同じくらい若かったみたいだね。ネットで叩かれてるのを見たよ」と部長。

「ええ。義兄は姉の一つ上でしたから」

琴子は唇を嚙《か》んだ。

「確かに二人とも、若くしての結婚でした。でも義兄は社会人三年目だったし、一年婚約期間を持ったのちの入籍です。けっして世間が邪推したような〝妊娠したからしかたなく〟の結婚じゃなかった。なのに、年齢だけでめちゃくちゃに言われました。姉の耳がまたおかしくなったのも、無理ないです」

「耳が？　難聴の症状が再発したの？」

部長が問う。琴子は暗い顔でうなずいた。

「最初は聞こえにくいかな、程度で、姉自身さほど自覚症状がなかったそうです。だから危機感がなかったんでしょうね。テレビカメラの前で、インタビューに応じてしまったんです。よく聞こえないせいで、姉の受け答えは的外れになってしまった。その応答を見た視聴者は、バッシングをさらに激化させて……」

——あの母親、やっぱりおかしいぞ。

——会話になってなかったじゃねえか。そうとう動揺してるな。

――こりゃ二、三日中に子供は死体で発見されるぞ。

ネットにそんな書き込みが相次ぐ中、樹里矢は沢で冷たくなって見つかった。水面にうつぶせており、肺に水が溜まっていた。

予想が当たった、と匿名掲示板は本格的な〝祭り〟に突入した。

卒業アルバムの写真が晒《さら》され、テレビにわずかに映った景色からアパートが特定され、笙子のSNSにはいやがらせのコメントが殺到した。

ニュース関係の板には専用スレッドが乱立した。『自宅前まで行った』、『記念撮影してきた』と得々と書き込まれ、画像が上げられつづけた。

「騒ぎは二箇月ほどつづいたようです。その間、姉はウィークリーマンションへ逃げ、義兄は会社で寝泊まりしました。実家も被害をこうむったようで、いたずら電話や、外をうろつく野次馬が絶えなかったとか」

琴子はふたたび、無意識に手で腰をかばっていた。

「事故から四箇月近く経って、ようやく野次馬の姿が消えた頃です。……姉が、命を絶ったのは」

うつろな声だった。

「義兄とは別居がつづいていました。親の勧めたウィークリーマンションから、実家へ戻ってきた矢先です。明け方のお風呂場《ふろば》で、姉は肘上《ひじうえ》の太い動脈を切りました。わたしはその時刻、なにも知らずに寮で眠っていました」

姉が死んだ、と報《しら》せがあったのはその日の午前だった。

両親は電話口で泣いていた。もう死んでいるから救急車に乗せられない、警察を呼べとあしらわれたと啼泣《ていきゅう》していた。

「わたしは『決まりだからしかたがないよ』と答えました。なだめたつもりだったんです。でも、母を怒らせただけでした。『あんたは悲しくないのか』、『そんな離れたところで、あんただけぬくぬく暮らして。ひとりだけ高みの見物のつもりか』と――。いつもそうなんです。わたしは姉ほど、母の扱いがうまくなくて」

琴子の声から、抑揚が消えつつある。

部長が言った。

「須賀原くんには、樹里矢くんのことは話していないんだね？」

「いっさい、話していません」琴子は断言した。

「八歳上の姉がいたことも、甥《おい》の存在も、二人の死も、なにひとつ打ち明けていません。……だから、彼に河口湖へ遊びに行こうと言われたとき、断れなかった。ほんとうはいやでした。行きたくなかった。でも、行きたくない理由を言う羽目になるのは、もっといやだった」

その心境はわかる、と森司は思った。

どうしてと訊《き》きかえされたとき、己の口から説明するのはあまりにつらい。自分で自分の傷口をこじ開けるも同然だからだ。そんな思いをするくらいなら、口をつぐんで一日我慢したほうがマシ、と考えてしまう気持ちは理解できる。

「城内さん、腰の人面瘡《じんめんそう》はまだしゃべってる？」

部長が問う。

琴子はうなずいた。

「ええ、いまもずっと、絶え間なくしゃべっています。『いい子ぶってるくせに、性格が悪い』、『馬鹿女。くだらない女だ』って」

目に光がなかった。黒い穴のようによどんでいる。

「――姉は、わたしを恨んでいるんでしょうか、これは、姉の祟《たた》りですか？」

「なぜそう思うんです」

やさしく部長は尋ねた。

「なぜお姉さんが、あなたに祟ると思うんです？」

「……いま、わたしだけ幸せだから。わたしは姉が不登校で難聴だった時、ずっと姉の耳代わりでした。わたしたちは、一心同体だったんです。でもわたしだけ遠くへ進学して、いまは彼氏もできて、姉を忘れて幸せになって……」

琴子は頭《こうべ》を深く垂れていた。膝《ひざ》に額が付かんばかりだ。

彼女が抱える罪悪感が、森司たちのところまで匂ってくるようだった。

「中里さんは、わたしが地元の高校に進学せず、寮付きの私立に進んだのが気に入らないんです。『抜けがけだ』、『選民気取りだ』と、さんざんＳＮＳに書かれました。事故のあとは『姉の虐待を知っていて、自分だけとっとと逃げた。いつか事件を起こすとわかっていたんだ』と……。四年経ったいまも同じです。狭い町だから、誰もわたしたちを忘れてくれない」

語尾が涙でふやけた。

部長がわずかに前傾姿勢になる。

「ところで、ぼくたちへの依頼を取り下げるのは、城内さん本人の希望なのかな?」

「『取り下げようか』と言い出してくれたのは、柊介くんです。わたしはうなずいただけ。でも、そのほうがいいと思ったんです。もしこれが姉なら、姉の気が済むまで待つしかないですから」

琴子は目じりを指で拭《ぬぐ》った。

「今日だって、ほんとうはお邪魔するつもりじゃありませんでした。でも中里さんたちが、なにを吹きこんだかわからないから。姉への誤解だけは、といておかなきゃいけないと思って」

「そうだね。ありがとう」

部長は静かに言った。

「けど、せっかく勇気を出して来てくれたんだ。いい機会だから連絡先を交換しない?人面瘡の声に耐えられなくなったとき、誰かに会いたくなったとき、何時だっていいから連絡してよ。もちろん城内さんさえよければだけど、頼れる先を複数作っておくのは、悪いことじゃないと思うんだ」

7

翌日は台風の接近で、朝から蒸し暑かった。

秋だというのに、温度計は三十度を超えている。真夏並みの気温であった。

大学構内を闊歩《かっぽ》する学生たちは半袖《はんそで》と長袖が混在しており、半袖がやや優勢といったところだ。かく言う森司も薄手のカーディガンを脱ぎ、Tシャツ一枚になったばかりであった。

自販機で買った烏龍茶《ウーロンちゃ》を片手に、木陰のベンチに腰をおろす。十二分に暑いのに、太陽は真夏ほどぎらついていないので妙な感じだ。

プルトップを開け、ひとくち飲んで息をつく。

――城内琴子は、あれからどうしただろう。

藍が「車でアパートまで送る」と申し出、二人で部室を出たのが八時近くだ。森司たちは約三十分後に解散したが、藍からも部長からも続報はなかった。

――結局あの人面瘡は、彼女の罪悪感のあらわれってことなのかな。

つまり一種の自傷行為である。

過去に見た、聖痕《せいこん》現象さながらに掌から血を流す男を思い出す。あれも罪悪感がゆえだった。己を罰したい、罰しなければという思いが、精神の力によって肉体に傷と血を生じさせたのだ。

城内琴子の人面瘡も同じ理由で生まれたなら、彼女の罪の意識を取り除かねばなるまい。姉を差しおいて、自分だけ幸福になってしまった心苦しさ。けして理屈ではない、自責の念を。

森司は烏龍茶を呷《あお》った。

湿気を含んだなまぬるい風が木立を揺らし、頰を撫《な》でていく。日本海《にほんかい》側に台風が直撃することは滅多にないが、フェーン現象だけはどうしようもない。琴子の件とあいまって、ざわざわと胸を騒がせてくれる。

——こういうときは、自作の精神安定剤に限る。

森司は帆布バッグを探り、携帯電話を取り出した。待ち受けを凝視する。液晶をすこし遠ざけて眺め、また近づけては見つめる。

われ知らず、ほう、と少女漫画ふうなため息が洩《も》れた。

「まずい……」

「なにがですか？」

「今日もこよみちゃんが可愛い……」

ああ癒やされる、とまぶたを閉じて数秒。

森司はかっと目を見ひらいた。

なんだいまの会話は。おれは独り言をつぶやいたんだぞ。なぜ会話形式になってしまったのだ。

いやそれより、この声は。頭の斜め上から降ってきた、鈴を振るがごとき可憐《かれん》な声は――。

こわごわと、森司は視線を上げた。

恐れていたとおり、そこに立っているのは灘こよみ本人であった。

逆光で顔がよく見えない。つづく言葉もない。しかし彼女の双眸《そうぼう》が、森司を見下ろす気配だけはわかる。

「な、灘――」

森司はつばを呑《の》みこんだ。

「いや、いまのはただの独り言で……なんでもない、なんでもないから。あくまで個人的な感想というか、聞かれるのを想定しないプライヴェートな吐露というか、とにかく大した意味も深い意味もないから。そのままの意味だから。いやそうじゃなくて――あ、そうだ。す、座るか？」

慌てて尻《しり》をずらし、ベンチのスペースを空ける。

しかし「いえ」と、いち早くこよみにさえぎられた。

「これから講義なので……失礼します」

やはり逆光で、彼女の表情は見えない。

「そ、そうか」

ではまたあとで、と会釈し、こよみが静かに去っていく。

その背中を、森司はなすすべなく見送った。


須賀原柊介がオカルト研究会の部室を訪れたのは、四コマ目の講義を終えてすぐであった。

「すみません。呆《あき》れているでしょうね。『なかったことに』とまで言ったくせに、こうして押しかけてくるなんて」

「いやいや。気になってたから、顔を見せてくれてありがたいよ」

部長はマグカップに三個目の砂糖を放りこみ、

「で、今日はどうしたの？」

と彼をうながした。須賀原はすこし口ごもって、

「じつは……例の、事故についてです。いや人面瘡《じんめんそう》のことじゃなく、琴子の甥《おい》が亡くなったという事故。みなさんも、お聞きになったそうですね」

「ああ、きみの耳にも入ったんだ。ちなみにそれは城内さんから聞いたの？　それともきみも、例の中里さんたちに会ったのかな」

「……後者です」

須賀原は伏し目がちに認めた。

「でも彼らとは、長く話していません。態度が不愉快だったので、途中で振り切って帰ったんです。でもネットで調べたら、死亡事故があったのは事実なようで……。琴子と同郷の学生を探して、要点を教えてもらいました」

「そうか。きみもショックだっただろうね。なにしろ悲惨な事故だ」

はい、と須賀原はうつむいた。

「お気の毒です。もちろん樹里矢くんもですが、お姉さんがかわいそうで」

「ひどいバッシングだったらしいからね」

「あれは報道がよくないですよ。そもそもネットの馬鹿騒ぎを煽《あお》ったのは、マスコミでしょう。炎上する材料だけ与えて、火消しになるような情報は寄越さない。お姉さんは悪くないのに、自殺するまで追いつめられるなんておかしいです」

「親として責任を感じるのはしかたないが、事故は事故だもんな」

森司は沈痛に相槌《あいづち》を打った。

「誰かが命を絶って始末をつけるなんて、間違ってる」

「そのとおりです。だいたいなぜ琴子のお姉さんが、あれほど責められなきゃならなかったんだ。どうしても親の責任を問うというなら、相手は彼女じゃないでしょう」

須賀原の声が次第に高まっていく。

「世間ってやつはどうかしてます。なんでもかんでも母親におっかぶせて、母性神話ありきで思考停止してる。正しく報道した新聞社だってあったのに、大半がいいかげんな記事だったせいで、真実が隠蔽《いんぺい》――」

「ちょ、ちょっと待って」

声を荒らげかける須賀原を、部長が制した。

「どうも話がいまいち食い違ってるようだ。須賀原くん、〝真実〟ってなんのこと？　その〝親の責任云々《うんぬん》を問うなら、相手は彼女じゃない〟ってどういう意味？」

「え……」

須賀原がきょとんと部長を見る。高揚に水をさされ、あきらかに戸惑っていた。

「どういう意味って、――え？　知らないんですか」

「知らないってなにを？」

「だから、ええと……琴子のお姉さんは悪くないってことですよ」

苛立《いらだ》ったように彼は肩を揺すり、

「樹里矢くんから目を離したのは、父親のほうです。つまりお姉さんの旦那《だんな》だ。あの子が行方不明になったとき、笙子さんは『頭痛がする』と車中で休んでいた。任せられた旦那が煙草を吸っている間に、あの子はいなくなったんです」

と吐き捨てた。

森司は思わず、部長と目を見交わした。

黒沼部長が利き手を振り、もう片手で眼鏡をずり上げる。

「ごめん。その情報はいまはじめて知ったよ。ええと、きみは琴子さんと同郷の学生から詳細を知ったんだよね。そして『正しく報道した新聞だってあった』とも言った。じゃあ笙子さんはバッシングだけじゃなく、デマとも戦っていたわけだ。『わが子を放置して、死にいたらしめた母親』というデマと」

「ええ……、はい」

知らなかったのか、と言いたげに須賀原は首肯した。

そういえば中里たちは、笙子に対して責めるような台詞《せりふ》は言わなかったな――。森司は思いかえした。

あれほど悪意を剝《む》き出しにしていながら、失踪《しっそう》時の落ち度については言い立てなかった。琴子によれば〝以前からの虐待〟は疑ったようだが、目を離した云々では責めていなかった。すくなくとも地元では、「放置したのは父親」との情報が行きわたっていたのだろう。

須賀原が言った。

「樹里矢くんがいなくなった際の両親の行動は、複数の目撃証言があり、疑う余地はないようです。運転していた笙子さんが『頭痛がする。すこし休みたい』と言い、通りすがりの道の駅にヴェルファイアを停めたのが、ことの発端でした」

鎮痛剤を飲んで十分ほど休むから、その間あなたが樹里矢を見てあげて、と土井笙子は夫に頼んだという。

観光地で生ビールを飲んでいたため、運転を代われなかった夫はその頼みを請けた。

十分と言わず三十分くらい休め。大丈夫だ、樹里矢のことはちゃんと見ておく、と。

しかし目撃証言によれば、彼はろくに息子の相手をしなかったらしい。

わずか三歳の息子と手も繋《つな》がず、「そのへんにいろ」とだけ命じて、彼は真っ先に売店へビールを買いに行った。

その後ソフトクリームを買い与えているものの、手に持たせただけで夫自身はスタンド灰皿へ向かっている。樹里矢は顔と手、シャツをべたべたにしながらソフトクリームを食べ歩き、よその家族へと近づいた。

後日、その家族の母親は、

「五分ほど相手をしました。お父さんらしき人が灰皿のそばに立っていたので、大丈夫と思ってその場を離れました」と週刊誌の記者に述べている。

また売店の店員によれば、

「父親がまったく様子を見ていないようなので、危ないなとは思ってました。でも気づいたら二人ともいなくなっていたから、帰ったんだろうと気にしませんでした」

だそうだ。当の夫本人は、

「スタンド灰皿から見える位置にいたし、問題ないだろうと油断した。よその子と遊んでいたから、その子の親が見ていてくれると思った」

と証言したという。

「――それならどうして、笙子さんが批判の矢面に？」

森司は思わず問うた。

須賀原が苦にがしい顔で、

「多くの記事は『親が目を離した隙に』としか報道しませんでしたから。ニュースもワイドショウも同様です。育児する親イコール母親、というイメージ先行のバッシングだったんです」

「わざわざ『父親が』と書くのも、責任の所在をはっきりさせて糾弾するみたいになっちゃうしね。そこは記者も気を遣ったんじゃない？」と部長。

「世論があそこまで過熱するとは、マスコミも予想しなかったんだと思うよ。笙子さんたちが若かったこと、心因性難聴ゆえのずれた応答など、叩《たた》かれる要素が重なったのが不運だったね」

「地元では四年経ったいまも、ことあるごとに樹里矢くんの件が話題に出されるそうです。城内家はとうに引っ越して空き家なのに、いまだ住んでいるかのような扱いだとか。ただし擁護派もすくなくないようで、おれに詳細を話してくれたやつは、一家ぐるみで笙子さんに同情的でした」

須賀原は吐息まじりに言った。

「デートに河口湖を選んだのは、ひとつには仲間の薦めでした。もうひとつは、以前一緒にテレビを観ていたとき、琴子が河口湖を紹介する番組を食い入るように観ていたからです。でもおれの視線に気づくと、さりげなくチャンネルを変えました。……てっきり、行ってみたいけど言い出せないのかと思って」

知らなかったんです――、と彼は声を落とした。

「樹里矢くんの事故なんて知らなかったし、立ち寄った道の駅が、あの子がいなくなった現場だなんて思いもよらなかった。琴子が財布を落とすほど動揺したのも、気分が悪くなったのも、いま思えば当然です。でもあのときは、考えつきもしなかった……」

「城内さんが心配だな」

つぶやくように部長が言った。

「須賀原くん、彼女の様子に注意してあげて。腰の人面瘡が消えるまでには、まだ時間がかかりそうだ。それと、もし人面瘡が話す内容に変化があるようだったら、夜中だろうとぼくに連絡してほしい。くれぐれも城内さんの様子に注意するんだ。いいね?」

須賀原が帰ってすぐ、部長は一同に向きなおった。

「さて、今回の情報で疑問がいくつか生まれたね。まず、どうして城内さんは『甥《おい》から目を離したのは姉じゃなく義兄《あに》だ』とぼくらに言わなかったんだろう」

「お姉さんをかばいたいなら、普通そこに言及しますよね」

森司は眉根《まゆね》を寄せた。

「河口湖の番組を食い入るように観てた、いうんも気になりますね。樹里矢くんの遺族にしたら、本来見たくもない場所でしょう」

鈴木が顎《あご》に手をあてて言う。部長はうなずいて、

「だよね。咄嗟《とっさ》にテレビを消したっておかしくないのに、彼女は須賀原くんの視線に気づいてからチャンネルを変えた。現地での、財布を落とす、体調を崩すなどの狼狽《ろうばい》ぶりとちぐはぐだ。城内さんはいったい、テレビでなにを観たんだろうね？」

「……その問いには、答えられそうにないんですが」

こよみがおずおずと手を挙げた。

「わたし、ひとつ気づいたことがあるんです。言っていいですか」

どうぞ、と部長は彼女をうながした。

8

台風の接近で、夕方過ぎから風が強まりつつあった。

琴子はカーテンを細く開け、外の様子をうかがった。強風注意報が警報に変わる様子はないが、飛ばされそうなものはベランダから屋内にすべて避難させた。物干し竿《ざお》、植木鉢、踏み台、如雨露《じょうろ》。

移動させている間も、彼女は視線を気にしつづけていた。

中里たちがまた戻ってくるかもしれない。別の野次馬が訪れる可能性だってある。

強迫観念だとわかってはいた。だが、常に誰かに見張られている気がした。

――でも、なにより気になるのは。

腰からの視線だ。琴子は奥歯を嚙《か》みしめた。

むろん衣服で覆ってはいる。なのに、じっとりと粘い眼差《まなざ》しが感じられてしょうがない。ひりついて痛いほどだ。

腰に張りついた顔が、人面瘡《じんめんそう》が、彼女を見張りつづけている。

琴子はカーテンを閉じた。

チェストの上で携帯電話が光っている。数日前にマナーモードにしたまま、放りっぱなしの電話であった。迷ったが、履歴を確認した。

実家から三度着信があった。今日が一回、昨日が二回だ。

須賀原からも電話が一回、メールが二通。内容はどちらも同じで、

「大丈夫か？　いつでも電話して」だった。

さらにさかのぼっていくと、義兄からの着信があった。笙子の夫――いや、元夫だ。着信時刻は一昨日《おととい》の夜である。いまさらなんの用だろう。

ふと思いたって、琴子は中里のSNSに繫いでみた。

歯を剝《む》いた彼女の笑顔がいきなり表示され、顔をしかめる。予想どおり、中里は一昨日の夕方に琴子のアパート画像をアップしていた。

アパート名は加工でぼかしてあるが、見る人が見れば一目瞭然《いちもくりょうぜん》である。いかにも心配したふうな空々しい一文とともに、ご丁寧に『#土井樹里矢くん』のハッシュタグまで

添えてあった。きっと元義兄は、タグをたどってこの画像を見たのだろう。

琴子は携帯電話を置いた。

中里とは昔、それなりに仲がよかった。家庭環境がすこしばかり似ていたせいだ。

しかし琴子はその環境から解放され、進学によって家を出た。中里いわく「わたしに相談ひとつなく」だ。

そうして中里はいまも実家で暮らし、〝ひとりで逃げた〟琴子を憎むことで、自我を保ちつづけている。

――気持ちはわからないでもない。

琴子は思う。わたしだってひとつ間違っていれば、彼女と同じように考え、同じ行動をとったかもしれない。

姉が義兄と出会わなければ。わたしの成績がもっと悪くて、私立への進学がかなわなかったなら。あるいは家にお金がなかったら。

すべて、いまとなっては繰り言だ。過去は変えられないし、死人は戻らない。姉の笙子も、樹里矢も生きかえりはしない。そしていまわたしはここにいる。

――腰にもうひとつの顔を付けて、怯《おび》えながら生きている。

こうしている間も、人面瘡は琴子にささやきつづけている。

――いい子ぶってるけど、あんた、本当は誰より性格悪いよね。

――一生懸命を演じるのがうまいだけ。

——いろんな人に媚《こ》びてきたけど、ぜんぶ無駄だったね。

——くだらない女。馬鹿な女。おまえなんか、誰も必要としちゃいない。

琴子は腰に手をあてた。

痛い。さっきから瘡《かさ》が脈打つように痛む。鼓動と微妙にずれたリズムで、ずきずきと疼《うず》いている。

琴子は歯を食いしばった。壁に手を突き、苦痛の呻《うめ》き声をあげる。

痛みはいまや、骨にまで響くようだった。膝《ひざ》がかくりと折れ、脚が震えだす。

視界の隅で、携帯電話が光るのが見えた。小窓に発信者名が表示される。

須賀原からだった。

琴子は迷った。痛みはさらに増している。恋人にすがりたかった。しかし心が「駄目」と命じていた。心の奥底から湧く声だった。

携帯電話は光りつづけている。琴子の手が、わななきながら伸びた。にじり寄り、電話を手にとる。耳にあてる。

「もしもし、琴子か？」

須賀原の声がした。安堵《あんど》で、琴子の体から力が抜けた。

「おい琴子、大丈夫か？　なにかあったのか」

琴子は唇をひらいた。どうした、いまから行こうか——。須賀原が耳もとで問う。しかし彼女がなにか言う前に、腰からしわがれた声があがった。

「――来るな」

次の瞬間、琴子の指は通話を切っていた。

くらりとめまいが襲い、視界が揺れる。琴子はよろめき、ふたたび壁に手を突いた。

しゃべった。こいつ、柊介くんに話しかけた。わたしの口をふさいで、代わりに意思を伝えた。存在を増している。実体を持とうとしている。

チャイムが鳴った。柊介くんだ、と思った。

琴子は壁にもたれ、脚を引きずるようにして玄関へ向かった。

息が切れる。動悸《どうき》がひどい。ふらつきながらドアロックをはずし、開錠する。

ドアが開き、ぬるい外気が流れこんだ。

琴子は立ちすくんだ。

来訪者は須賀原柊介ではなかった。くだんの部員たちだった。咄嗟に彼女はドアを閉めかけた――が、先頭の部長がいち早く靴先を挟んで阻む。

帰って、と琴子は言おうとした。無意識に両手で、腰のもう一つの口をふさいだ。その口もまた、帰れ、と言うだろうとわかっていた。帰れ。おまえらなんかいらない。いますぐ出ていけ――と。

琴子の唇が震えながらひらいた。細い息が洩《も》れ、かぼそい呻きがこぼれる。

「――たすけて」

黒沼部長がうなずいた。

「もちろんそのつもりで来たんだ。ごめんね、中へ入らせてもらうよ」

部員たちの背後で、ドアが閉まった。


その夜の琴子を見た瞬間、森司はガラス玉のような眼だ、と思った。濡《ぬ》れて光っているのに、なんの感情も浮かべていない瞳《ひとみ》。睫毛《まつげ》に縁どられた、空虚な二つの穴。

部長は彼女を床へ座らせ、あやすように話しかけた。

「先日部室へ来たとき、きみは言ったよね。『わたしが話す内容が、あの死亡事故の真実です』と。確かに嘘はつかなかった。しかし、話してくれなかった部分がある。そしてなにより、きみはきみ自身の真実を語っていない」

「そんな、こと」

琴子はうつろに首を振った。

「そんなの、どうだっていいんです。わたしの、真実なんて。いまさら」

「いや、よくない。よくないからこそ、きみの心は悲鳴をあげて歪《ゆが》み、その歪みが体に変調をもたらしている」

森司と鈴木は、琴子が玄関へ逃げるための動線をふさいで立っていた。こよみは部長のすぐ背後にいる。

琴子の視線が、彼らをゆっくりと一巡した。やはり感情のない瞳だった。

「お姉さんの旦那《だんな》さんについて、ぼくらに話さなかったのはなぜ？」

部長が尋ねる。

「もちろん彼を責めるつもりはない。でも樹里矢くんがいなくなったとき、お姉さんは車中で休んでいた。わが子から目を離したのは彼女じゃない。なぜ、それを言わなかったのかな。きみの立場なら『姉のせいじゃなかった』と主張して当然なのに」

「関係ないからよ」

「関係ないって、なにが？」

「義兄《あに》よ」

琴子は緩慢に首を揺らしつづけていた。

「あんな人、関係ない——。悪いのは姉だけ。姉と、わたしだけ。ほかの誰も関係ない。誰も立ち入ってほしくない」

森司は目をすがめた。琴子の左腰のあたりに、黒い靄《もや》が蠢《うごめ》いている。

やっとだ、と彼は思った。やっと琴子の想いが視えはじめている。己の体をグロテスクに歪ませてまで、覆い隠していた激情が。

「きみは、自分が嫌いなんだね」

「そうよ。大嫌い」琴子は顔を歪めた。

「いい子ぶってるけど、ほんとは誰より性格が悪いの。一生懸命ないい子を演じてきた。親に媚びて、教師に媚びて……でも、ぜんぶ無駄だったの。くだらない女。馬鹿な女。わたしなんて、誰も必要としていない」

首の揺れが止まった。

琴子は唐突に言った。

「——わたしも、ネットに書き込みしたの」

顔は正面を向いている。しかし視線は黒沼部長を突き抜けて、遠い虚空を見つめていた。

「姉を、たくさん悪く書いた。樹里矢を虐待してたんじゃないかって書き込みに、賛成した。尻馬《しりうま》に乗って『虐待ママ』、『デキ婚はこれだから』って書きつづけた。デキ婚なんかじゃないって知ってたのに。姉のブログにも、いやなコメントをいっぱい書きつらねた」

「どうして?」

部長が問う。

「きみは自分が嫌いで、ほかの誰にも立ち入ってほしくないほどお姉さんが好きで、でも『姉が悪い』と思っている。いや『悪くあってほしい』のかな。どうして?」

「だって——」

琴子は、片手で顔を覆った。

「だって、義兄に会ってから、お姉ちゃんは変わった。変わってしまった。明るくなって、外へ出るようになって、耳も聞こえるようになった。すぐ別れると思ったのに、そうじゃなかった。結婚して、家を出て、子供までできて……」

　そうして、わたしはいらない子になった――。琴子は呻いた。

「物心ついたときから、わたしは姉の〝耳〟だった。姉の代わりに聞いて、筆談で姉に伝えるのが役目。ずっとそうやって生きてきたの。姉の手助けをしてさえいれば、わたしは家に居場所があった。なのにお姉ちゃんは、わたしを置いていってしまった」

　――姉は、わたしを恨んでいるんでしょうか。

　――わたしたちは、一心同体だったんです。でもわたしだけ遠くへ進学して、いまは彼氏もできて、姉を忘れて幸せになって……。

　あれは琴子自身のことだったのか。森司は気づいた。

　かつての自分の恨みが跳ねかえってきたと、身に覚えがあるからこそ思ったのか。

「姉がいなくなって、なにもかも変わった。両親はわたしを持てあました。どう扱っていいか、わからないようだった。無理もないわ。だって両親とわたしの間には、いつも姉がいた。姉の話題と、姉の存在あっての関係だった。その姉がいなくなって――付属物だったわたしは、宙に浮いてしまった」

「だから寮のある高校に進学を決めたんだね？　実家を出たいがために」

　部長の問いに、琴子はうなずいた。

「姉がいない家にいても、居場所がないもの。親も賛成してくれました。偏差値だって問題なかったし、私立へ行ける程度には裕福な家でした」

「家を離れて、ほっとできた？」

「ええ——、いえ」

縦に振りかけた首を、琴子は横へ動かした。

「いえ。ほっとできた、けれど……できなかった。なぜ、と思いました。なぜわたしが家を出なくちゃいけないの、と。あそこはわたしの家でもあるのに、なぜ」

だが問うまでもなかった。理由はわかっていた。

——姉さえ帰ってくれれば。

「姉にとって、必要なわたしに戻りたかった。もとの姉に戻ってほしかった」

頬が痙攣《けいれん》した。

「お姉ちゃんは馬鹿だわ。あんな男のどこがよかったの。くだらない、馬鹿な女。あんな男に媚《こ》びて、ほんとうに馬鹿——」

人面瘡《じんめんそう》が吐き散らした呪詛《じゅそ》だ。

琴子自身に向けたはずの悪罵《あくば》が、姉へのそれと混同しかけている。

「ネットにたくさん書いたわ。あることないこと、なんでも書いた。姉が憎らしかった。でも、帰ってきてほしかった。わたし——わたし、樹里矢がいなくなって喜んだわ。あの子がいなければ、姉は戻ってくるかもと思った。離婚して、またわたしたちと暮らしてくれるんじゃないかと、期待した」

姉を愛していた。愛していたからこそ、憎かった。

彼女を置いて出ていった姉。彼女を〝お世話係〟としてしか生きさせなかった姉。弱くて脆《もろ》くて、なのに誰よりしたたかな姉。

だから琴子は、中里を嫌いになりきれない。

あの子の気持ちがわかるからだ。

一方通行にしろ、中里は琴子を親友と見なしていた。同じく世話しなければ生きていけない家族を持つ、同志かつ親友。だが琴子は中里から離れた。いまも中里が執着してくるのはそのためだ。好きだったからこそ、憎いのだ。

「……あの日もわたしは、ネットに書き込みをしていたの。無料Ｗｉ－Ｆｉがあるカフェから、姉のブログを監視するスレッドに、しつこく投稿していた。元友人のふりをして、個人情報すれすれの暴露話を。でも」

鏡を見たの――。琴子は言った。

その店は、壁の一部が細い鏡になっている内装だった。琴子はなんの気なしに顔をあげ、見た。鏡に映った己の顔を。

醜悪だった。

悪意で引き歪んだ顔は、当の姉と似ているだけに、正視に堪えなかった。

琴子は書き込みをやめ、席を立った。まだ半分以上残っているコーヒーをそのままに、逃げるように店を出た。

その日以来、琴子は匿名掲示板への投稿をやめた。

しかし世間のバッシングは止まらなかった。すでに火は、消し止められぬ炎となっていた。デマと憶測を燃え種《くさ》にして炎上はつづき、そうして、姉の笙子は自殺した。

琴子は両手で、かばうように左腰を抱いていた。

「これは——この人面瘡は、ほんとうはわたしに似ているの。あのとき、鏡に映ったわたしに」

両目に涙が溜《た》まっていた。

部長がやさしく言う。

「ぼくたちの前で、きみは『お姉ちゃん』と叫んで失神してしまった。だから完全にごまかすのはあきらめて、事件の肝心な部分は避けて打ちあけた。それで合っている？」

ええ、と琴子はうなだれた。

「……姉が、怒っているんだと思いました。お姉ちゃんがわたしの醜さを、あらためて突きつけているんだと。そう思えば思うほど、真実は誰にも言えなかった」

「須賀原くんはきみが『河口湖を紹介する番組を食い入るように観ていた』と言った。思うにきみは、番組を観ていたわけじゃないよね。〝河口湖〟のキイワードにつられて目線をあげたきみは、窓から射しこむ光のせいで、画面に反射した自分の顔を見たんじゃないか？」

琴子の目から、大粒の涙がこぼれ落ちた。

唇から嗚咽《おえつ》が洩《も》れる。肩が揺れる。堰《せき》を切ったようにしゃくりあげる琴子の肩に、部長がふわりと手を置いた。

彼はささやいた。

「――それだけ？」

奇妙な声音だった。

琴子も気づいたらしい。涙で濡《ぬ》れた顔をあげ、彼女は怪訝《けげん》そうに目を瞬《また》かせた。

部長はつづけた。

「それで終わりじゃないはずだ。須賀原くんがきみをあの場所へ連れていったのは、ほんとうに偶然だと思う？」

琴子の瞳《ひとみ》が大きく揺れた。血の気のない頬がさらに白くなる。

彼女の腰にわだかまる靄《もや》に目をすがめ、森司はゆっくりと口をひらいた。

「あなたは自分を嫌悪した。悪意に染まった己の顔を体に刻みつけることで、無意識に自分を罰しようとした。それも、嘘ではないでしょう。でもその罪悪感は、長年抱えつづけていたものだ。なぜいまになって、表へ噴き出してきたんでしょう？」

靄がさらに濃くなっている。

「おれはあなたのまわりに、あなた以外の意思を感じます。人面瘡はあなたの自己嫌悪と恐怖と後悔、そして〝誰か〟の強い執着の産物です」

「城内さん、きみも心の底では気づいているはずだよ」

部長が言った。

「言ってごらん。きみはあのとき、なにを見た？」

「なに、って――。わたし、なにも」

「いや、知っているはずだ」

瞬間、琴子の顔から表情が消えた。恐怖もおびえもかき消え、空白となった。

森司は思わず一歩前へ進んだ。琴子が抗《あらが》っているのがわかった。記憶の扉がこじ開けられようとしている。

靄が晴れつつある。

琴子は両手を上げた。顔の前にかざした手が、音をたてんばかりに震えている。

「わたし」彼女はあえいだ。

「わたし、……あのとき――」

チャイムが空気を裂いた。

琴子の肩が跳ねる。ドアが開く気配がし、足音が近づく。廊下と部屋を仕切る扉が、軋《きし》みながらひらいた。

「琴子？　いるのか、鍵《かぎ》が開いてたぞ。誰が来て――」

須賀原だった。彼は一同を見てぎょっと立ちすくみ、次いで琴子を見た。

「どうした琴子。この人たち、押しかけてきたのか？　ああいや、きみは休んでろ。代わりにおれが話すよ」

「須賀原くん」部長がさえぎった。

「申しわけないけれど、尾ノ上くんに協力してもらって、きみと同郷の学生を探したよ。

きみ、義務教育時代の友人とは、完全に交流を絶っているそうだね」

「――は？」

ゆっくりと須賀原が振りかえる。

靄だ、と森司は思った。須賀原の背後にも靄が見える。

彼もまた、濃く濁ったわだかまりを背に負っている。

「でもようやく、きみの幼少時を知る幼馴染《おさななじ》みが見つかった。きみを心配していたよ。

『あれ以来、あいつは人が変わってしまった。よほどショックだったんだろう。まだ小学生だったのに、目の前で母親が自殺するなんて――』」

部長の語尾が途切れる。

琴子が悲鳴をあげた。森司も息を呑《の》み、拳《こぶし》を握った。

須賀原の顔相が、一変していた。引き攣《つ》れた頰。憎悪でぎらつく瞳。歪《ゆが》んだ唇は、なぜか薄い笑みをかたちづくっている。

琴子があの日、道の駅で見ただろう顔だった。

おそらくは背後に立つ彼が、ガラスか鏡に映っていたに違いない。かつて鏡の中に見た、琴子自身とまったく同じ表情。暗い愉悦をたたえた顔。

――顔。

こよみは先刻、部室で言った。

「ひとつ気づいたことが――。わたしずっと、城内さんは誰かに似てると思っていたんです。須賀原さんと今日会って、ようやくわかりました」と。

森司は須賀原に向かって言った。

「きみと城内さんの目鼻立ちはまったく似ていない。でも、ふとしたときの表情がよく似ているんだ。とくに角度によっては、親子かきょうだいのように」

須賀原の顔から、すっと笑みが消えた。

部長があとを引きとって、

「須賀原くん、きみも家庭内で〝ケア役〟を背負わされてきた子供だったんだね。ただし相手は姉ではなく、母親だった。きみの祖母はきつい人で、父は嫁姑《しゅうとめ》争いにかかわりたくないと家庭から逃げた。病んだ母親を支えるのは、幼いきみしかいなかった」

しかしそれも、小学六年生の夏までだった。

まだ暑くなる前だった。須賀原の母親は彼を連れて百貨店を訪れ、姑のいいつけどおりに贈答品の発注を済ませた。そして「そこにいなさい」と須賀原に言い置いて、立体駐車場の五階から飛び降りた。

警察は「発作的な自殺」と断定した。地方新聞に、ごく数行の記事が載った。

祖母は「家の恥だ」と吐き捨て、父は祖母の言いなりに母を密葬にした。近隣の住民は、彼ら一家をまさしく〝腫《は》れ物〟のように扱った。

「やめろ」

唸《うな》るように、須賀原は言った。

「やめてくれ。その話は――」

「いや、やめるわけにはいかない」

部長が言った。

「理由はわかってるだろう？　きみはこれ以上、城内さんを巻きこめない。巻きこんじゃいけない。きみたち二人は、一緒にいるべきじゃない」

須賀原は反駁《はんばく》しかけ、視線をさまよわせた。

救いを求めるかのように目で室内を探った。しかし、応《こた》える者は誰もなかった。

須賀原は肩を落とし、

「母さんが、生きていた頃は……幸せだった」低く言った。

かすれた声だった。

「まわりの大人には、同情された。でも、おれは幸せだったんだ。母さんがいたから。母さんが、おれを必要としていてくれたから」

森司は眉《まゆ》をひそめた。

――世間ってやつはどうかしてます。なんでもかんでも母親におっかぶせて、母性神話ありきで思考停止してる。

つい数時間前、須賀原の口から出た言葉だ。

いまになっても彼は、母親をかばおうとしていたのだ。森司の下腹から、嫌悪の混じった憐《あわ》れみがせりあがった。

琴子と須賀原は同じだ。子供のままでいられなかった子供。家庭内で、大人の——保護者の役目をつとめるよう強いられた子供。

役目を失ってただの子供に還《かえ》された瞬間、彼らは己の存在意義を見失う。なぜって彼らはその愛しかた、その愛されかたしか知らないからだ。

「城内さん」

部長は琴子に向きなおった。

「きみがお姉さんを取り戻そうと、ネットに書き込みしたのと同じだよ。須賀原くんはきみを、他人から隔絶したかった。その上で、献身的に尽くしたかった。孤独なきみを支え、独占したかった。彼なしでは生きていけないものに仕立てあげたかった」

かつて琴子は、自分のひずみに気づいて家から逃げだした。

しかし須賀原は逆だ。幸福だった子供時代に回帰しようとした。

——誰かに必要とされることでしか、彼は自分の価値を確かめられない。

「須賀原くん、きみがオカ研《うち》に相談に来たのは、ぼくらという他人の目を意識させて、城内さんをさらに追いこみたかったからかな？　樹里矢くんの事故については、むろん以前から知っていたよね。きみは彼女の性格を熟知していた。他人にすべてを明かさないだろうことも、自己嫌悪を深めていくことも見越していた。そしてぼくらごとき野次馬が、ここまで深く立ち入るとも予想しなかった」

人面瘡《じんめんそう》は、彼ら二人の思いが絡まってもつれ、ねじれた末の産物だ。須賀原の独占欲と支配欲に、琴子の罪悪感が呼応した。

醜悪な人面瘡は、二人の共通の〝顔〟だった。

「――琴子」

須賀原が面《おもて》をあげた。

彼はいまにも泣きだしそうだった。十も、十五も幼くなったかに映った。

顔をくしゃくしゃにした彼は、その場で地団駄を踏み、癇癪《かんしゃく》を起こしてもおかしくない幼児さながらに見えた。

「琴子……」

須賀原は手を伸ばし、琴子ににじり寄った。

しかし彼女は、はっきりとたじろいだ。

拒絶のしるしに琴子は数歩下がり、かぶりを振ってみせた。触らないで、と彼女の眼が語っていた。

須賀原の顔に絶望の色が広がる。

森司はふたたび目をすがめた。

琴子の靄《もや》は薄れ、ほぼ消えつつあった。須賀原が背負う靄はそのままだ。両者の靄が融《と》け合うことはない。二度とないだろうと思えた。

須賀原が手を下ろした。

彼は短い、だが悲痛な声をあげて部屋を飛びだしていった。

室内に静寂が落ちる。

琴子がぽつりと言った。

「——いま、消えました」

彼女の両手は左腰に触れていた。

森司にもわかった。衣服一枚を隔てたその肌には、もう醜い顔などないと。なめらかな白い皮膚しか広がっていないと、目で確かめるまでもなく伝わってきた。

鈴木が隣でほっと息をつく。閉ざしたカーテンの向こうで、風笛が響く。

枠ごと揺さぶられた窓が、夜風の激しさを物語るかのように激しく鳴った。

9

週明けは、台風一過の青空だった。

季節は一気に秋めいて、日中の最高気温は二十一度に急降下した。早朝は過ごしやすいのを超えて肌寒いほどで、

「体がついていかねえ」

「風邪ひきそうだ」との声が、構内のあちこちから聞こえてくる。

そんな中、森司はやはり木陰のベンチで休んでいた。

ただし今日は、掌中に冷えた烏龍茶《ウーロンちゃ》はない。Tシャツ一枚でもなく、上半身を厚めの

プルオーバーパーカーにすっぽり包んでいる。

目を閉じて仰向《あおむ》き、森司は眉間《みけん》に皺《しわ》を寄せた。

来たる『ベンチャービジネス論』のグループディスカッションに向けて、そろそろ考えをまとめておかなければならない。しかし妙案などまるで浮かんでこない。

脳裏に浮かぶのは「腹減った」だの、「昼はうどんにすべきか丼《どんぶり》ものにすべきか」だの、「泉水さんはいつ暇ができるんだろう」、「こよみちゃんは講義終わったかな」といった雑念ばかりだ。

——夜までの腹持ちを考えて、ここはやはり丼ものか。

「牛丼……なら、学食よりちょっと歩いて外で食ったほうがいいよな。親子丼なら学食でいいけど、今日の気分は……うーん、迷うなあ……」

「なにを迷ってるんですか？」

「なにって、腹持ちする昼飯——」

森司は口をつぐんだ。

展開に既視感がある。いやそれよりこの声だ。頭の斜め上から降ってきた、鈴を振るがごとき可憐《かれん》な声。

「こよみちゃ——いや、灘」

森司は叫びかけ、急いで声のトーンを落とした。

こよみがベンチを手で示す。

「隣、いいですか？」

「ど、どうぞどうぞ」へどもどと森司は脇へどいた。

こよみが腰をおろし、膝《ひざ》にトートバッグを置く。

「城内さん、順調に回復しているみたいです。来週あたりから授業に出はじめる予定だとか。診断書がないので病欠扱いはむずかしいでしょうが、一応学生課に相談してみるそうです」

「そうか。でも人面瘡云々《うんぬん》なんて、正直に言うわけいかないもんなあ。おれからも、馬《ま》淵《ぶち》さんに頼んでみるよ」

学生課の職員である馬淵も、以前オカ研に依頼に来たことがあるのだ。事情を汲《く》んで、多少は融通をきかせてくれるかもしれなかった。

「須賀原くんは？」

「あれから音沙汰《おとさた》がないそうです。電源を切っているらしく、琴子さんが何度連絡しても繋《つな》がらないと言ってました。部長は『彼こそしばらくひとりになったほうがいい』と、静観するつもりのようですけど」

「そっか……」

森司は吐息まじりに首肯し、ベンチにもたれかかった。

空の色が薄い。透きとおるようだ。

木洩《こも》れ日が額に降りそそぎ、視界を白く眩《くら》ませる。学部棟の窓がひらき、風にふくらんだカーテンが揺れている。

「──そういえば、こないだ、ごめんな」

「え？」

こよみが目を見ひらく。

真横から凝視され、森司は慌てて身を起こした。

「あ、いや、あれだよ。おれ、ぼーっとしてて変な対応しちゃっただろ。だからごめん」

「え、……いえ」

首を振り、こよみは言った。

「わたしこそ、すみません」

「えっ」今度は森司が驚く番だった。

「なんで灘が謝るんだよ。灘はなにも悪くないだろ」

「先輩も悪くないです」

「いや、おれは……」

言葉に詰まり、森司はそのまま黙った。こよみも前を向き、唇を閉ざす。

気まずい沈黙が流れた。

──いかん。なにか言わなくては。

森司はきつく指を組んだ。ここはひとつ、なにかしら気のきいた楽しい話を振らねばなるまい。しかし焦れば焦るほど、頭が真っ白になっていく。楽しい話題どころか、つまらない話題すら浮かばない。額と掌に、じっとり汗が滲《にじ》んでくる。

「先輩」

先に沈黙を破ったのは、こよみだった。

「じゃんけんしませんか」

「……へ？」

森司は頭のてっぺんから声を出した。あまりに意外な言葉であった。しかしこよみは端然と彼を見て、

「わたしが勝ったら、一緒に『白亜《はくあ》』にお昼を食べに行きましょう」

と提案した。

「え、あ——うん。で、でもおれが勝ったら？」

「先輩の言うことを、ひとつ聞きます」

こよみはやはり無表情だった。森司の喉仏《のどぼとけ》がごくりと上下する。

さらなる数秒の沈黙ののち、お互いの手が動いた。

こよみはチョキ。森司はグーだった。

「先輩の勝ちですね」

「ああ、うん……」意味もなく、森司は拳《こぶし》を服の裾《すそ》で擦《こす》った。視線をさまよわせる。

「ええと、えー、じゃあ……」

森司は言った。

「……おれと一緒に、『白亜』に行ってください」

「はい」

その日はじめて、こよみがはっきりと微笑んだ。「喜んで」

二人は立ちあがった。肩を並べ、正門に向かって歩きだす。

イヤフォンを耳に挿したランナーが軽快な足どりで横ぎっていく。芝生が秋の陽射しを受けてきらめく。かたちを変えた雲が、ゆっくりと風にちぎれていった。

第二話　赤猫が走る

1

「おはようございまー……」

部室の引き戸を開けた途端、森司の視界を奪ったのは一面の赤だった。

まばたきをして、それが真っ赤な長袖《ながそで》Tシャツを着た集団であること、Tシャツの背に雪大《ゆきだい》のマークが大きくプリントされていることを視認する。

マークの下には今年の年号と、『雪大祭《ゆきだいさい》実行委員会』の八文字が楷書《かいしょ》体で躍っていた。

——ああそうか、今年も大学祭の季節が来たか。

思わず感じ入った森司を、先頭に立つ男が振りかえった。見覚えのある顔だ。ええと確か、去年も実行委員としてこの部室へ来たような。

「おひさしぶりです、平賀《ひらが》です」

男は目じりに皺を寄せて笑い、森司に名刺を差しだした。雪越大学祭実行委員長の肩書きと、電話番号、メールアドレスが記された名刺だった。

「そのせつはお世話になりまして」

「いえ、お世話なんてそんな……」

もごもごと答える森司に一礼して、平賀は正面に向きなおった。

彼ら実行委員の向かいには、黒沼部長とこよみが立っていた。

「──というわけでですね、今年こそ灘さんにはミスコンに出ていただきたいんです。もちろんミスコン自体、賛否両論あるイベントだとはわかってますよ。重々わかっております。灘さんが目立ちたがりでないことも承知した上で、そこをなんとか……」

「いやです」こよみが瞬時に断る。

デジャヴだなあ、と森司は思った。去年もほぼ同じやりとりをした記憶が、うっすらとだがある。

黒沼部長が割って入り、平賀に笑いかけた。

「ごめんね。こういうのは本人の意向が最優先だから」

口調こそ柔らかいものの、彼に加勢してやる気はかけらもなさそうだ。

「ていうか平賀くん、今年も実行委員なの？　四年生なのに」

「いやあ、最後だからこそ張り切って、思い残すことがないよう完全燃焼しようかと」

「そっか、でもほどほどにね。あまり強引に誘って、女子学生の顰蹙《ひんしゅく》をかったら元も子もないから」

部長は微笑んで、

「今年はハロウィンとからめて盛りあげる予定なんでしょ？　仮装パレードも大々的に開催するらしいじゃない。女子はハロウィンのコスプレに誘ったほうが、ミスコンより反応いいと思うよ。実行委員側で衣装を用意して、格安で貸し出すとかさ」

と提案した。平賀が勢いこんでうなずく。

「なるほど、衣装レンタルはいい手ですね。ハロウィンといえばお化けの仮装ですが、東京開催のパレードなんか見ると、さほどホラー関係にこだわってないようだから衣装集めも楽かな」

「服は普通の可愛いのでいいんじゃない？　ゾンビのミニスカポリスとか、露出多めのナースさんとかよく見るもんね」

「なるほどなるほど。露出はいいですね、ミニスカに露出か。露出……」

はっと平賀は口をつぐんだ。

ようやく周囲の視線に気づいたらしい。彼は大仰に咳払《せきばら》いして、

「いやその……、そういえばあれですよ。お化けといえば、聞きました？　〝妖《あや》しの猫があらわれると、火事が起こる〟という噂」

「ああ、小耳に挟んだ程度だけど」

部長が首を縦にした。

「近ごろ頻発してる放火事件の現場に、必ず猫があらわれるってやつでしょ？」

「そうです。しかも目撃されるのは、毎回同じ猫らしいんですよ。でも付近を捜してみても、実体は見つからない。焼け跡から猫の死体が見つかった例《ためし》もない。周囲の証言によれば『去年死んだはずの猫だ』そうで、それを受けて巷《ちまた》では『化け猫だ』、『火事で死

んで、その祟《たた》りなんじゃないか』と言われているそうです」

「その噂、わたしも聞きました」

こよみが口を挟んだ。

「鉢割れの黒猫で、脚の先が白くて、尻尾《しっぽ》だけ虎縞《とらじま》の子ですよね。大学の近くでよく見かけて、何度か撫《な》でさせてもらったから知ってます。亡くなったのは、残念ながらほんとうのようでした。……でも放火に関係あるような噂を流したり、化け猫呼ばわりするのはどうかと思います」

相変わらずの無表情ではあるが、口調が硬い。じつは彼女は大の猫好きなのだ。

静かな怒気が伝わったらしく、実行委員の面々が一斉に慌てだした。

「た、立て看板《タテカン》とかいろいろ作ってるし、おれたちも火の気には注意しなきゃだよな」

「うんうん。いま火事出したらやばいもんな。いや火事はいつでもやばいけど、えーと、なんというか……。すみません、本日は失礼します」

そそくさと退出していく。

引き戸が閉まったのを確認して、部長は肩をすくめた。

「やっと帰ったか。熱心なのはいいとしても、大勢で押しかけてくるのはまいっちゃうね。ミスコンは学祭の花だから、盛りあがってほしいとは思うけど」

「出場はともかく、平賀さんがお元気そうでよかったです」

こよみが言うと同時に、引き戸が開いた。

委員たちが戻ってきたか、と森司は振りむいた。

しかし入ってきたのは、見あげるほど長身の美丈夫であった。部長の従弟《いとこ》であり、部員でもある黒沼泉水だ。だが今日は、顔に疲労の色が濃い。

「お……お疲れさまです、泉水さん」

「さすがに疲れた」

体を投げだすように、泉水はパイプ椅子に座った。巨体の体重を受けて、椅子が激しく軋《きし》む。

「秋は半期末だから、地味に引っ越しが多いんだよな。油断してバイトのシフト入れすぎたぜ。おまけに研究成果発表に、来月の合同研究会の準備に……。学祭の手伝いまでやらされそうだったんで、逃げてきたとこだ」

ため息をつく泉水に、こよみが湯気のたつコーヒーを手渡した。

「で、部のほうはどうだ？　人面瘡《じんめんそう》がどうとか一騒動あったらしいが」

「一応なんとかなりました。でもやっぱり、泉水さんがいないと不安ですよ」

森司は正直に言った。

泉水なしではすべてが心もとない。鈴木は荒事に向かないし、部長は輪をかけて不向きだ。かといって森司も二人に比べればマシ程度で、腕力は中の中と言っていい。霊感が強い上に腕力筋力とも申しぶんない泉水の存在は、オカ研の要《かなめ》であった。

泉水がコーヒーをひとくち飲んで、

「持ちあげてもらったのに悪いが、厄介ごとを押しつけるぞ」と言った。

「はい？」

「学祭の手伝いを逃れる代わりに、後輩の頼みを聞くことになった」

上体を起こし、部長、森司、こよみへと順に視線を向ける。

「まだおれもよく聞いてないんだが、ペットの幽霊に会いたいんだそうだ。ペットってのはその後輩が飼ってた猫で、尻尾だけ虎縞の、鉢割れの黒猫——って、なんだその顔。全員で変なもんでも食ったのか？」

2

「農学部二年の小隅空良《こずみそら》と申します。よろしくお願いいたします」

そう言って、ショートカットの女子学生は丁寧に頭を下げた。

「本日は泉水先輩のご紹介でうかがいました。わざわざお時間を割いていただき——」

「ああ、いやいや。そういう堅苦しいのはいいよ」

部長は手を振って、口上をさえぎった。

顔を上げた空良は、太めの眉《まゆ》が目立つ凜々《りり》しい風貌《ふうぼう》の少女だった。袴《はかま》を着せて、薙刀《なぎなた》でも持たせたらさまになりそうだ。しかしいまは残念ながら、デニムにボーダーニットとごく普通のいでたちである。

「まあコーヒーでも飲んで、くつろぎながら話して。……泉水ちゃんから聞いたけど、死んだペットに会いたいんだって？」

「そうなんです。正確に言えば、会える場所を探しているんです。死んだペットと会えるお店を」

「お店？」

「ええ。知りませんか？　猫の幽霊がいるという、喫茶店の噂」

空良の言葉に、部長は目をぱちくりさせた。

「それは……ぼくとしたことが、寡聞《かぶん》にして知らないなあ。ごめんね。ぼくはペットを飼った経験がないから、そっち界隈《かいわい》で流行《はや》ってる噂には疎くて」

彼はこよみに視線を流した。

「こよみくん、聞いたことある？」

「ええと、実家のおはぎを動物病院に連れていったとき、そういえば待合室で耳にしたような……」

眉間《みけん》に思いきり皺《しわ》を寄せて、こよみは答えた。考えこむときの彼女の癖だ。

ちなみに「おはぎ」と「ちまき」は、灘家で飼っている猫の名前である。

「おはぎがエリザベスカラーをいやがって暴れていたせいで、よく聞こえなかったんです。でも確か、『喫茶店の窓越しに、死んだ愛猫を見かけた人がいる』とか」

「それです。その噂」

空良が身を乗りだした。

「目撃証言によれば、昔ながらのレトロな喫茶店なんだそうです。『白亜』もレトロですけど、ああいう昭和《しょうわ》ふうな感じじゃなくて、もっと大正《たいしょう》までさかのぼる感じの。格子に花模様のステンドグラスがあって、家具が和洋折衷で、銘仙柄のカーテンがかかっていて」

「そして、猫の幽霊が出る？」

「らしいんです、けど……」

部長の問いに、空良は突然トーンダウンした。自信なさそうに上目で彼を見る。

「すみません。なにもかも伝聞な上、突拍子もない話で」

「いや、突拍子もない話なら慣れてるから大丈夫。まずはそれより、ひとつずつ整理していこうか」

部長は菓子皿からマフィンをつまんだ。

「その喫茶店の店名はわかるの？」

「わかりません。というか、場所もさだかじゃないんです」

空良は首を振った。

「ある人は駅からまっすぐ歩いていった大通りにあると言うし、別のある人は閑静な場所に建っていると言うし。猫カフェみたいに何十匹も猫がいたと言う人もいれば、せいぜい一、二匹しかいなかったと言いはる人もいる。人によって、内容が違うんです」

「ちなみにそこは、猫しかいない店なの？　犬とか文鳥とか爬虫類《はちゆうるい》は？」

「目撃情報によれば、猫のみのようです」

「小隅さんが飼っていた猫も、そのお店で目撃されたのかな」

「あくまで人づてですが、はい」

空良の目線がわずかに揺れた。

「うちの子はけっこう個性的な見た目だったから、見間違える可能性は低いと思うんです。——あ、遅れましたが、これが去年死んだうちの子です」

空良は携帯電話を操作し、テーブルに置いた。

液晶に表示されているのは、雑種猫の画像だった。いわゆる香箱《こうばこ》の姿勢で脚を折りたたみ、鎮座している黒猫だ。

額から八の字形に色が割れる、いわゆる鉢割れという模様である。鼻先から口は白い。ぴんと伸ばしたしっぽだけが、どういう遺伝のいたずらか茶の虎縞であった。

「この子です」

こよみが思わず、といったふうに言った。

目をまるくした空良に、慌てて「すみません」と赤くなる。

「じつは生前に、撫でさせてもらったことがあって。この子、大学近くまで散歩によく来てたんです。外飼いの飼い猫だとわかってましたが、餌をあげていた人も何人か——

—」

「信じられない」

　空良が吐き捨てるように言った。

「えっ。……す、すみません」こよみが途端に青くなる。

　空良ははっとして両手を振った。

「あ、いえ、違います。そうじゃなくて、父のこと。あの、父が無責任な飼いかたをしてたから、それが信じられないって——。こちらこそ、驚かせてすみません」

　しきりに頭を下げあう二人を、部長が「まあまあ」となだめた。

「こよみくんの話じゃ、この子は学生たちにも可愛がられてたみたいだね。雪大《うち》は学部で犬を放し飼いにしたり、一時保護の野鳥をそのへんに飛ばせてる大学だからなあ。他人のペットへの垣根も低いのかも。そうだ、この猫はなんて名前？」

「アリアです」

　空良が即答した。

「アリア」感に堪えぬように、こよみが繰りかえす。

「名前がわからないので、みんな思い思いに『チビ』とか『クロ』とか呼んでいました。重ねがさね、ご無礼をすみません」

「あっ、いえこちらこそ。あの、可愛がっていただいて、ほんとうに」

　再度ぺこぺこしはじめた二人を、「それはさておき」と部長が冷静に割いた。

「依頼の内容は『アリアにもう一度会いたい』、『ついては猫の幽霊が出るという喫茶店を見つけてほしい』でいいんだよね？」

「ええ、はい」

空良は首肯し、うつむいた。

「アリアは去年、十八歳で死にました。わたしが二歳のときにもらわれてきた子です」

洟《はな》を啜《すす》る空良に、部長が問う。

「猫の十八歳なら、老衰かな？」

「そうです。わたしは実家を出て独り暮らししていたから、死に目に会えなくて。……そうと事前に知っていたなら、もっと頻繁に実家に帰ったのに」

涙ぐむ空良の肩に、こよみがそっと手を置いた。

その間に部長は森司に目くばせした。森司もうなずきかえす。

どうやらアリアの死因は、火事とは関係がないようだ。むろん、空良の言葉を信じるならば、だが。

「さっきも言った大正モダンふうな喫茶店の窓辺で、アリアが眠っていたのを見た人がいる、と友人に教えてもらったんです。その時点で、あの子が死んでから半年以上経っていました。情報を集めてはあちこち探しまわっているのに、いまだに見つかりません」

空良は悔しそうに、太い眉をひそめた。

何度も「お願いします」と言い置いて、小隅空良は帰っていった。

泉水の言うとおり、学部の出し物の準備で忙しいらしい。

部長がマフィンにジャムを塗りたくりながら、

「くだんの喫茶店に行き合った人は複数いて、猫もアリアだけじゃなく、けっこうな数がいたらしい——か。となればやっぱり、聞き込みにまわるしかないだろうなあ。学生課に申請して、掲示板に張り紙も出させてもらおうか。『猫の幽霊がいる喫茶店を知りませんか。情報求む』とか」

「ハロウィンの企画と間違えられませんかね」

森司が言う。

「それはそれで、注目を集められていいんじゃない。とりあえずは、アリアが火事で死んだんじゃなくてよかったよ。そんな悲惨な死にかた、こよみくんが悲しむ」

部長はマフィンをかじった。

「ところで八神くん、猫の幽霊って見たことある？」

「ない……ですね。犬の霊ならありますが」

考えながら森司は答えた。

脳裏には袴田《はかまだ》教授とその愛犬の姿があった。じつはつい最近も、色づいた銀杏《いちょう》を見上げる教授と、その後ろにちょこんと座ってご主人さまを待つ日本犬を、大学構内で見かけたばかりである。

「猫というのは人間にとって、ある種、不思議な存在なのかもしれないね」

部長が言った。

「西洋では黒猫を不吉だとし、またイギリスの一部やスコットランドでは幸運の使いだとする。エジプト神話にはバステトという猫の顔をした女神がいて、この女神はギリシャ神話のディアナの前身であるとも言われる。猫は古くからペットとして親しまれているわりに、干支《えと》には入っていないし、星座からも『ねこ座』は抹消された。日本では、猫といえば化け猫——の話をしたら、こよみくん怒る？」

「怒りません」

こよみは即答した。

「さっきのは、特定の猫を誹謗《ひぼう》する噂がいやだっただけです。部長のお話は聞きたいので、つづけてください」

「ありがとう。——で、つづきだけど、日本では猫といえばやっぱり化け猫がポピュラーだよね。鍋島藩《なべしま》の化け猫。長生きすると尻尾《しっぽ》が二股《ふたまた》に割れて、妖怪《ようかい》化するという猫又伝説。行灯《あんどん》の油を舐《な》めるシルエットで有名な、歌舞伎の『古寺の猫』。『ゲゲゲの鬼太郎』のレギュラーキャラクター、猫娘。楳図《うめず》かずおの傑作『黒いねこ面』。『猫を殺すと七代祟《たた》られる』なんて俗説はいまも生きているし、落語にも『猫怪談』、『猫忠《ねこただ》』と、化生《けしょう》の猫をモチーフとした演目がある。また昭和二十年代には美人女優の入江《いりえ》たか子《こ》が演じた化け猫映画が、彼女の後半生を左右するまでに大当たりした。

しかし一方、商売繁盛の縁起物として招き猫があり、猫を祀《まつ》る神社も多い。わが県でいうなら長岡市《ながおかし》の猫又権現には、狛犬《こまいぬ》のほかに狛猫の像があるね。また浦佐《うらさ》の普光寺《ふこうじ》には魔よけの鬼瓦《おにがわら》ならぬ猫瓦がある。落語で言うなら『猫の恩返し』、『猫の災難』なんてのは猫を好意的に書いた噺《はなし》だ。

ユーモラスなところでは、〝踊り猫〟かな。神谷養勇軒《かみやようゆうけん》『新著聞集《しんちょもんじゅう》』には痢病にかかった住持が厠《かわや》へ向かう途中、飼い猫が器用に戸の鍵《かぎ》をはずすのを見てしまう。すわ何ごとかと隠れてうかがうと、飼い猫が表の大猫に『今夜、踊りに行こう』と誘われているところだった。しかし飼い猫は『住持が病ゆえ、そばについていないと。手ぬぐいもない』と断る。住持がその後、『わしのそばについておらずともよい。手ぬぐいを持って行け』と撫《な》でてやると、飼い猫はすぐさま走り出ていった。

また富永莘陽《とみながしんよう》『尾張霊異記《おわりりょういき》』には、商家の主人が夜中に踊り猫たちを目撃する話が載っているね。猫たちは頭にそれぞれ手ぬぐいをかぶり、手拍子を取って歌い、朝まで踊りとおしたという。〝踊り猫〟の逸話はほかにもいくつかあるが、どの猫もなぜか手ぬぐいにこだわっているのが面白い」

「結局、猫は好かれてるのか怖がられてるのか、よくわからないってことですね」

森司が言う。部長は微笑んで、

「そういうこと。これだけ長く人間と親しんできた動物だというのに、いまだどう扱っていいかわかりかねてる感じだね。狼や蛇と並んで、じつに毀誉褒貶《きよほうへん》の激しい生き物だよ」

「猫はミステリアスなんです。そこも魅力のひとつでしょう」

こよみはそう言ってから「……うちの子は、可愛いだけですが」と小声で付けくわえた。

部長がマフィンの最後のかけらを口に放りこむ。

「これは余談だが、放火の隠語を〝赤猫〟とも言うよね。市内の連続放火事件も気にかかるけど——まあ、あっちは警察に頑張ってもらおうか」

3

しかし聞き込みは、予想に反してはかどらなかった。

ほとんどの学生が、学祭の準備で忙しいながらも手を止めて相手をしてくれた。だが一日目はまったくの空振りに終わった。二日目、三日目も情報は集まらず、個人的な要望ばかりが寄せられた。

いわく、「そんなお店があるんですか。わたしも死んだうちの猫に会いたいから、見つかったら教えてください」

いわく、「サークルに出入りしていた猫が最近顔を見せません。もしや死んだのかと気になってまして、ついでに調べてくれませんか？」

いわく「目の前で車に轢《ひ》かれた猫を、こっそり銀杏並木《いちょうなみき》に埋めさせてもらったことが……。成仏したかどうかってわかりますかね？」等々。

　生前のアリアを知る学生が見つかったのは、四日目にしてようやくであった。

「へえ、あの猫アリアっていうんだ。おれたちは『ヌーちゃん』て呼んでましたよ。鵺《ぬえ》のヌーちゃん。ほら、鵺って尻尾だけが虎な妖怪でしょう。え？　正しくは尾が蛇で、手脚が虎？　まあまあ、こまかいことはいいじゃないっすか。とにかくあの子は人なつこい、いい猫でしたよ。そうだ、落研《おちけん》のやつらもよく餌をやってたはずです」

　一同はその言を受け、落研こと落語研究会の部室を訪ねた。

「ああ、やっぱりあの子、死んじゃってたんですか」

と、部員たちは揃って肩を落とした。

「全然顔を見せないから、そうじゃないかとは思ってたんです。はい、うちでは『文《ぶん》楽《らく》』って呼んでました。八代目桂《かつら》文楽の高座をデータで再生したら、座ってじっと聞き入ってたもんですから……。

　喫茶店？　いや、その話は知りませんが、放火があると文楽らしき猫があらわれる、って噂は耳にしましたよ。それを聞いて、おれたちほっとしたんです。よかった、河岸を変えただけで元気でいるらしい。賢い猫だから、火事場の野次馬くらいするだろうと――。でも、そうかあ、死んじゃってたか……」

「ちなみに火事がらみの噂は、誰から聞いたの？」と部長。

「ええと、誰だったかな。あ、そうだ。スキーサークルのやつからですよ。そいつん家《ち》の近くで、何件目かの放火があったらしくてね。火元になった家は全焼だったそうです。世の中には、ひどいやつがいるもんですねえ」

オカ研一同はさらにスキーサークルへ出向いたが、

「放火現場で猫を見たかって？　いやあ、おれも人づてに聞いただけです」

くだんの学生は即座に否定した。

「はい、うちはさいわい類焼せず無事でした。放火されたのは三軒隣でね、駐《と》めてたバイクのシートに火ぃつけられたらしいっす。調べたら、灯油をぶっかけた跡があったとか聞きました。いや、警察の情報でも新聞でもありません。警察ってそういうの、全然教えてくれないじゃないすか。聞いたのは、自警団の人から」

「自警団？」

森司が鸚鵡《おうむ》返《がえ》しにする。学生は首をひねって、

「自警団っていうか、私設消防団？　昔のほら、『火の用心！』って近所をまわるアレっす。さすがに法被《はっぴ》は着てないし、拍子木も持ってないけど」

「私設ってことは、市内の有志で結成したの？」

「そうみたいっすよ。え、代表者の名前すか？　うーん、聞いたけど忘れちゃったな。あっそうだ、町内会の会長なら知ってるかも――」

町内会長の仲立ちで会えた自警団の代表者は、

「どうも、能戸薫《のとかおる》と申します。はじめまして」

　驚いたことに女性であった。

　さらに育休中の主婦で、歳は二十九歳。自警団の発起人でもあるという。森司としては驚きの連続だった。

「ご自宅まで押しかけてすみません。こちら、つまらないものですが」

　部長がうやうやしく差しだした手土産を、薫は満面の笑みで受けとった。

「豆大福だ、嬉《うれ》しい！　脂肪分を多く摂《と》ると乳腺炎《にゅうせん》になりやすいから、授乳中はチョコや生クリームを避けてるんです。気を利かせてくださって、ありがとうございます」

　そう微笑む彼女の背後では、丸まると太った赤ん坊がベビーベッドで眠っている。

　ただしひとりではない。毛づやのいい虎猫が、同じベッドで〝第二の母〟のごとく添い寝してやっていた。

「仲良しですね」

　こよみが目を細めて言う。薫は微笑みかえした。

「猫が、甲斐甲斐《かいがい》しく子守してくれるので助かります。アレルギー問題や毛の飛散には気を遣いますが、いまどきは空気清浄機が優秀だから」

「猫って赤ちゃんが大好きですもんね。大人に対しては怒ったりひっかいたりするけど、赤ちゃんが尻尾を摑《つか》んでも我慢しますし、爪を出すこともないし、それに――」

「すみません。意気投合してるところを申しわけないが」

部長が片手を挙げ、割って入った。

「じつは本日お邪魔した理由は、まさに猫の件なんです」

かくかくしかじかと立て板に水の説明に、しばし薫は耳を傾けていた。しかし、

「――火事を呼ぶ化け猫、なんて噂があるんですか」

聞き終えて、彼女ははっきり眉《まゆ》をひそめた。

「いいかげんな噂というか、それ、かなりデマが混ざっていますね」

「真実は違うんですか？」部長が問う。

薫は眉間《みけん》に皺《しわ》を刻んだまま、

「放火があった現場で、尻尾《しっぽ》だけ縞《しま》の黒猫が目撃されたのはほんとうです。でも〝事件のたび〟はデマですね。不思議な猫なのは確かですが、毎回じゃありません。それに事件に先んじて、あらわれるわけでもない」

「その口ぶりだと、あなたもその猫を現場で目になさった？」

「一度だけですが」薫は認めた。

「野次馬に交じって、先頭の列でちょこんと座っているのを見かけたんです。瞬きもせず火を凝視している様子が印象的で、妙に気になって」

かぶりを振った。

「化け猫はひどい言い草ですけど、そんな噂が立つ理由はわからなくもありません。育休中のわたしが自警団の団長になったのだって、猫好きとして、どうしても犯人が許せ

なかったからですし……」

「どういう意味です？」

　こよみが尋ねる。

　薫は「知らなかったんですか」と問いなおして、

「例の放火魔は、最初の数件では子猫に火を付けているんです」

　と言った。

「都会と違って、まだまだこのあたりでは外飼いの猫って多いでしょう。犯人は子猫に灯油をかけて火を付け、塀越しに庭へ放りこんでいくのが手口でした」

　だから最初のうちは小火《ぼや》で済むことが多かった──と、薫は声音を抑えて言った。猫の悲鳴を聞きつけて、庭先で消し止める家がほとんどでしたから、と。

　しかし薫たちが自警団を結成し、猫飼い同士のネットワークで注意喚起をはじめた頃、手口は変わった。

　猫ではなく、外置きの器材や乾いた植え込みに火を放つようになったのだ。結果、家人が気づくまで時間がかかり、被害は拡大した。

「とはいえ、猫への虐待報告が止んだわけでもないんです」

　薫は苦にがしく言った。

「保健所によれば、連続放火とときを同じくして増えた動物虐待は横這《よこば》いで、被害対象は九割が猫です。わたしたちで飼い主に呼びかけをつづけ、見まわりもつづけていますが、まだ不充分なようで……。さいわい夫もわたしと同じく、馬鹿が付く猫好きですから、育児を交代して協力してくれてます」

見てください、と薫は携帯電話を操作し、画像を表示させた。

一瞬見ただけで、森司は顔をそむけた。

液晶には顔面が焼けただれた猫や、手脚を無残に切断された猫が映しだされていた。

「ひどい」こよみが声を震わせる。

黒沼部長が顔をしかめて、

「動物虐待というのは、猫がターゲットになるケースがおしなべて多い。もっともらしい仮説では、犬のように吠《ほ》えないから狙うんだろうと言う。また別の仮説では、鳴き声や目鼻のバランスが人間の赤ん坊に似ているせいだと言う。ぼくは個人的には、後者のほうを採用するね。吠えない云々《うんぬん》が理由なら、文鳥や金魚だっていいはずだ。あえて猫を選ぶのは、より人間に近い愛らしいもので加虐欲を満たしたいからだ」

「前に、新聞部の熊沢《くまざわ》さんも言ってましたね。シリアルキラーの特徴には『放火癖、動物虐待癖』があると」

森司は思いかえしながら言った。

そうだ、あの街灯干渉事件でも、小火騒ぎと猫の虐待があった——。民生委員に保護された少女は、あれからどうしているだろう。

薫は携帯電話をしまって、

「自警団のツイッターアカウントを作って、なるべくソフトな画像を注意喚起に使っています。残酷なのは百も承知ですが、被害がこれ以上広がるほうが怖いので」

と言った。

「猫の幽霊が出る喫茶店についても、巡回ついでに訊《き》いてみますね。……見つかったらわたしも行ってみたいです。もう一度会いたい子が、たくさんいますし」

眉間の皺をとき、薫は微笑んだ。

4

翌日から聞き込みせずとも、オカ研には山のような情報が寄せられるようになった。

功労者は自警団の能戸薫と、そして落語研究会である。

前者は巡回時の口コミが三割、ＳＮＳでの拡散が七割だが、後者は十割が口コミの力だった。さすがは落研である。コミュニケーション能力の格差を感じる。

学生課への申請も通り、掲示板に『店探し』のチラシも貼らせてもらえた。

ちなみに職員の馬淵は猫好きだったようで、

「例の連続放火にそんな背景があったとは。広報部にも話を通しておくから、いつでもなんでも言いなさい」

とのお墨付きまでいただいてしまった。

「世の中に猫好きって多いんだなあ」

ＳＮＳのリプ欄に集まった情報を整理しながら、森司はつぶやいた。

土曜の休日ゆえ部室に顔を出していた藍が、

「雑貨屋に勤めてる友達が言ってたわ。犬好きは自分が飼ってる犬種、たとえばコーギーならコーギー、柴犬《しばいぬ》なら柴犬のグッズしか買わない人が多いけど、猫好きは猫グッズならなんでも買っていくって」

「ああ、そうかもしれません」

こよみが首肯し、愛用のバッグからポーチとパスケースを取りだした。

ポーチは白猫と黒猫が背中合わせに尻尾を絡ませている図柄で、パスケースには白、黒、三毛、灰、虎猫の肉球がずらりとプリントされていた。

「かわいいー！　このミラーもいいな。猫耳ついてる」

「ミラーはこっちのケースとお揃いなんです。同じく猫耳と肉球が……」

可愛い可愛いと盛りあがる女性陣をよそに、部長が遠い目になる。

「猫といえば、子供の頃、近所にやたら強いボス猫がいたんだよね。傷だらけで、剣豪みたいな顔つきでさ。あいつと仲良くなりたかったなあ。なんでか犬にも猫にも嫌われるんだよね、ぼく」

「あの猫は麩《ふ》が好物だった」

泉水がぽつりと言う。部長が覿面《てきめん》に反応して、

「なんで知ってるの。あ、ぼくに隠れて餌やってたんだ？　ずるい！」

「五十六《いそろく》って名前の猫だったな。たぶん海軍大将の山本《やまもと》五十六からとったんだろう、妙に風格のあるやつだった」

部長を無視してしみじみと慨嘆する泉水に、「泉水ちゃんて意外と動物好きよね」藍が言った。

「えーと、話が弾んでるとこをすんません」

挙手して発言権を求めたのは、鈴木であった。

「くだんの連続放火事件についてまとめてみました。能戸さんが言うたとおり、最初は猫に火をつける動物虐待事件として扱われとったようです。六月頭に起こった一件目を皮切りに、同様の事件がたてつづけに二件起こります。被害のうち一匹は野良猫、二匹は外飼いの猫でした。警察は被害届を受理し、器物損壊事件として捜査中です」

「ペットって器物扱いだものね。罪もたいして重くならないし」

藍が不満もあらわに言う。

部長が言い添えて、

「たかだか〝三年以下の懲役または三十万円以下の罰金〟だ。命の値段としちゃ軽すぎるよねえ。動物保護法改正のおかげで、以前よりは厳罰化したらしいけど」

「飼い主たちも怒りがおさまらへんかったでしょうな。ですが、七月に入って事態が変わります。放火魔は猫でなく、家まわりの器材や植え込みに放火するようになったんです。並行して猫への虐待もつづいとりますが、いまは放火がメインですね」

「放火は殺人罪と並ぶ重罪だから、ぐっと量刑がアップしたね。〝最低でも五年以上の懲役〟だが、被害件数が多いし、中に人がいようとかまわず放火してるから、無期懲役も充分あり得る」

「まだ死者は出ていないんだよな？」

森司が問う。鈴木は資料をめくって、

「いまんとこ怪我人のみです。重傷者もいません。とはいえ洒落《しゃれ》にならん数ですわ。七月から今月までの間に全焼二軒、半焼六軒、延焼八軒。火傷《やけど》、捻挫《ねんざ》など軽傷を負った住民は計三十九人。すべて市内で起こっていて、先月末から犯行が加速しています。この放火魔野郎は、文句なしのパブリックエネミーですよ」

「だねえ」

部長が唸《うな》った。

「じつを言うと『火事が多いな』と思ってはいたが、さほど気にしていなかった。反省するよ。能戸さんが自警団を結成したのも納得の数字だ」

「赤ちゃんがいる家じゃ、火事ほど怖いものはないでしょうからね。猫好きならなおさらです」と森司。

「放火事件は警察におまかせしようと思ったけど、こりゃ能戸さんたちと共同戦線を組んだほうがよさそうだね。アリアも火事とは無縁じゃないようだし、情報を提供しあって、協力しながら進めていかないと」

部長は自分の言葉に何度もうなずいた。ふっと時計を見上げ、

「――それはそうと、午後からまたお客さんが来るんだった。すこし時間があるから、ぼくが監修したお化け屋敷のリハーサルを観にいかない？　他大の学生を何人か、実験モニタとして招待してあるらしいんだ」

と笑顔で外を指さした。

5

黒沼部長監修のお化け屋敷とやらは、一見ただのエアテントに見えた。

入り口に『HAUNTED HOUSE』と看板が出ているものの、なんの変哲も――と思ったのは、半径十メートル以内に入るまでであった。

悲鳴が聞こえるのだ。聞き間違えようもなくエアテントの中から、魂消るような悲鳴が洩《も》れている。しかも声は複数だった。

思わず脚を止めてしまった森司を、部長が不思議そうに振りむく。

「どうしたの八神くん、早く行こう」

「いや……、この距離で、すでに怖《おど》いんですが」

「大丈夫大丈夫。ほとんどこけ威しだから。あの悲鳴だって、八割強は仕掛け人の声だ

しね。人間というのは静かな中で叫ぶのは抵抗を感じても、誰かが先に叫んでいれば心置きなく一緒に叫べるもんなんだよ」

「だ、そうよ。さあ行きましょ」

藍と部長に背中を押され、森司はテントの一メートル手前まで近づいた。

悲鳴が近い。怒号と、女性のかん高い泣き声が入り混じっている。

「やっぱり、めちゃくちゃ悲鳴あげてるじゃないですか」

訴える森司には取りあわず、部長は感慨深そうに看板を見上げた。

「うーん、この泣き声は仕掛け人じゃなく、実験モニタとして来た女子学生だね。なかなかいい感じ。この声がたくまずして、さらにいい宣伝になるんだよ。お客はつい入りたくなっちゃうでしょ？」

「いったい中はどないなことになっとるんですか。どれほどの地獄絵図が」

おそるおそる問うた鈴木に、部長が答えた。

「きみらが想像してるほどのものじゃないよ。ごくオーソドックスというか、ベタなお化け屋敷。ただ入場前にいくつか条件を課している。まずグループやカップルでは駄目で、入れるのは一回につきひとりずつ。次に『十八歳以上。健康体。なにがあっても苦情は入れない』との同意書にサインさせる。

この時点でけっこうどきどきするでしょ？　次に、梱包《こんぽう》用の結束バンドで後ろ手に縛る。これは仕掛け人を殴ったりしないための措置だけど、大の男でもこのあたりから顔つきが変わりはじめるね」

部長はじつに嬉《うれ》しそうだった。

「中の仕掛けは、さっきも言ったように子供だまし。大掛かりなセットを作る予算なんてないし、学祭の域を超えたら楽しくないからね」

「なにがあるんです」

「ひたすら真っ暗な迷路に、メイクした仕掛け人がいるってだけ。〝絶叫しつつ日本人形を床に叩《たた》きつける老婆〟とか『シャイニング』オマージュの、顔を近づけて無言で凝視してくる双子の少女〟とか、〝げらげら笑いながら逆立ちで追いかけてくる男〟とか、〝入場者の名前――先に同意書にサインで書かせてるからね――を連呼して、氷を投げつけてくる男〟とか、その程度。ちなみにただの氷でも、暗がりから投げられると冷たいし痛いしで、けっこう怖い」

テントからは絶え間なく、絶叫と悲鳴が響いてくる。

箍《たが》のはずれたような笑い声と怒号は、おそらく仕掛け人のものだろう。しかし「もういい。ほんともういいから」と訴える細い声は、いつの間にか男子学生のものに変わっていた。

「あとは要所要所の曲がり角に鏡を置いて、入場者が鏡に慣れた頃、鏡面の裏から人が飛びだして襲いかかり、追いかけまわす。床に這《は》った仕掛け人が足首を摑《つか》んで思いきり引く、とかだね。この手のお化け屋敷は、変に凝らずにベッタベタのベタに徹したほうがいいんだ。〝暗闇で、わけのわからない人間に追いかけられるのが一番怖い〟というのは人類共通のセオリーだから、そこを突けば低予算でも充分怖くなる。あ、それと仕掛け人は全員素足になるようお願いしといた。靴履いてる人間って、なぜか怖くないんだよ。かっちりしたスーツ姿なのに脚だけ裸足《はだし》とか、なんか気味悪いでしょ？　靴は文明の象徴だから、履いてないといかにも〝話の通じない、得体の知れないやつ〟って印象になるんだろうね」

部長は得々と語った。

テントからはいまだ悲鳴がつづき、まわりで準備に追われる学生たちは、声の根源を見ないよう、あきらかに顔をそむけて作業をつづけている。

泉水が腕時計を見た。

「おい本家、あと十分で客が来るぞ」

「あれ、もうそんな時間？　うちの部員にも体感してほしかったのに残念だなあ。みんな、本番は是非お友達を誘って参加してね」

部長の白い歯に、秋の陽が反射して光った。

6

午後からのお客は、学生ではなかった。三十代後半に見える女性が二人だった。

並んでパイプ椅子に腰かけ、ものめずらしそうに部室内を見まわしている。

「どうも、瀬戸内《せとうち》と言います。こちらはお願いして来てもらった細野《ほその》さん」

眼鏡をかけたほうの女性が、率先して話しだした。

部長が挨拶《あいさつ》を返す。

「はじめまして、黒沼です。落研の副部長くんのご親戚《しんせき》だそうですね」

「甥《おい》です。あの子から『猫の幽霊が出る喫茶店を探している学生がいる』と聞いて、お邪魔しました。じつはわたしも、すこし前から同じお店を探していまして」

「ほう」

部長は目を見ひらいた。

瀬戸内が、横に座る細野を手で示す。

「そもそもはこちらの細野さんが、二箇月ほど前に不思議なお店を目撃したことからなんです。レトロな感じの喫茶店で、いわゆる猫カフェみたいに、店内にたくさん猫がいるのが窓ガラス越しに見えたそうでね。でもその中の一匹が、かなり前に亡くなった猫にそっくりだった……と」

「実家で飼っていた猫に、よく似ていたんです」

細野が言葉に迷いながら言った。

「もちろん見間違いかな、とは思いました。ですが、ちょっとめずらしい外見の猫でしたから。オッドアイで左目が青、右目が金。でも毛並みはグレイの鯖白《さばしろ》でした」

「オッドアイの子は、たいてい白猫ですものね」とこよみ。

「そうなんです。だから気になったんですが、そのときはどうしてもはずせない用事があったもので……。また来ようと、とりあえずお店の外観を携帯で撮って、その場を離れました。でも」

「でも？」

「後日フォルダを確認してみたら、それらしき画像データがなかったんです。ちゃんとシャッター音を聞きましたし、保存した覚えもあるのに。しかたがないから記憶の場所に向かってみましたが、該当のお店はありませんでした。一帯を三十分ほど歩きまわったのに、見つけられなかった」

「うん、それは不思議だ」

部長の相槌《あいづち》に「でしょう？」と勢いこんだのは瀬戸内だった。

「細野さんからこのお話を聞いて以来、習い事やPTAの連絡網を中心に、情報収集に励みました。そうしたら同じお店を見たと言うかたが、ほかにも二人見つかったんです。お店の外観についての証言も、まるきり一緒でした。窓にあやめ模様のステンドグラスが嵌《は》まって、着物の柄みたいなカーテンがかかって」

小隅空良の話とも一致するな、と森司は思った。

空良は言っていた。格子に花模様のステンドグラス。和洋折衷の家具に、銘仙柄のカーテン——。

「瀬戸内さんも猫を飼っておられたんですか？」部長が問う。

「やはり会いたい猫がいるから、熱心にお探しを？」

「いえ、自分のためじゃありません。友人のため」

瀬戸内は答えた。眉《まゆ》がやや曇る。

「……学生時代の友人が、最近こちらへ戻ってきたんです。でもふさぎこんで、ろくに外に出ないし、誰とも会おうとしなくて。どうも飼い猫の死が、そうとうショックだったようでして……」

瀬戸内は携帯電話を操作し、画像データを表示させた。

「これがその猫です。名前はトリコ。三毛猫なので、トリコロールからとってトリコだそうです。友人の名は……友永詩乃《ともながうたの》ですから、友永トリコですね」

液晶画面には、飼い主らしき女性に抱かれた三毛猫がいた。

白毛をベースに黒と茶がバランスよく散った、細身の器量よしだ。きれいな緑いろの目で、撮影者をじっと凝視している。

「詩乃をもう一度、トリコに会わせてあげたいんです。そうしたら彼女も、きっと元気が出るんじゃないかと」

「なるほど、ご友人のためですか。ところで細野さん、そのお店というのは――」

尋ねかけた部長を、ノックの音がさえぎった。

森司は首を伸ばし、引き戸を見た。どうやら新たな客人らしい。いち早く駆け寄って、中から戸を開けた。

立っていたのは小隅空良だった。

「こんにち――あ、すみません」

中に客がいるのを見てとり、口に手をあてる。出直します、と小声で言う空良に、

「あっ、あなた！」室内から声がかぶさった。

森司は振りかえった。細野がパイプ椅子から腰を浮かせ、空良を指さしている。

「あなた、あのお店にいたでしょう！」

「は？」

空良が目をまるくした。

しかし細野は引く様子もなく、

「いたわ、絶対いた。窓辺の席に、猫と座っていたでしょう。黒の鉢割れで、尻尾《しっぽ》だけ縞《しま》の猫と！」と言いつのる。

部長と泉水が顔を見合わせた。空良は唖然《あぜん》と立ちすくんだままだ。

間に挟まれた森司だけが、彼らをおろおろと交互に見やっていた。


放火が大学構内に及んだのは、その日の夜半であった。

学祭用の立て看板や屋台の骨組に、塀越しに火種を落とされたのだ。泊まりこんでいた学生がなんとか消し止めたものの、学祭を目前にして四分の一近くが焼失する大打撃

に、学内は騒然となった。

7

「昨日はお騒がせしてすみませんでした。ご迷惑をおかけしました」

空良が恐縮しきって頭を下げる。部長が鷹揚《おうよう》に手を振った。

「いやあ、迷惑だなんて全然。それより農学部の被害はどう？　準備も大詰めだっていうのに、放火なんてとんだ災難だ」

「いくらか燃えましたが、壊滅的というほどではないです。噂を聞いてOBや他学部の助《と》っ人が来てくれるそうですし、むしろ結束が固まって怪我の功名かも」

空良は苦笑した。

「ともあれ各学部やサークルの代表者が緊急会議中ですので、その間にオカ研のみなさんにお詫《わ》びしておこうかと……」

「小隅さんが謝ることなんてなにもないよ。細野さんのあれは人違いで片づいたわけだし、お互い情報共有しようと協定を結んで、彼女たちは穏やかに帰った。ただのひとつも問題はない」

「――わたし、ほんとうに例のお店には行っていないんです」

空良はわずかに口をとがらせた。

「行ってないというか、たどり着けていないというか……。もしとっくに場所を知っていたら、みなさんの手間をとらせたりしません」

「大丈夫よ、誰も疑ってないから」

藍がなだめるように言った。

「ところで昨日はどうしたの。細野さんの発言で有耶無耶《うやむや》になっちゃったけど、なにか用があって来たんじゃないの？」

「あ、それは、いえ」

空良はなぜか、慌てたふうに首を振った。

「それは、もういいんです。よく考えたら個人的なトラブルで、こちらに相談するようなことじゃありませんでした。動転して、つい来てしまっただけで……」

「いいから、話してみたら」

部長がこともなげに言う。

「世のトラブルなんて、九割が個人的なものさ。話したって解決しないかもだけど、打ち明けてすこしでも気が楽になるならもうけものだ。掘った穴に叫ぶと思って、独り言のつもりでつぶやいていけば？」

数分後。

空良は両掌でカップを包み、言葉をひとつひとつ落とすようにして話しはじめた。

「……父が、入院中なんです」

苦しげな声だった。

「血液の癌だそうです。もう長くない、と担当医には宣告されています。もって三箇月だと、父本人も知っています」

「お気の毒に」

部長が言う。しかし空良は慰めなど耳に入らぬかのように、

「両親は、わたしが三歳になる前に離婚しました。母が言うには『どちらかが悪くての離婚じゃなかった』そうです。よくある性格の不一致でしょうね。わたしは母に引きとられました。ほかに頼れる親類はなかったから、お世辞にも裕福ではありませんでした。でも、楽しかった。清く正しく美しい母子家庭、ってやつです」

茶化すように笑って、空良はすぐ真顔に戻った。

「……でも、それも二年前までです。わたしが雪大に入学する直前、母は事故で死にました。凍結道路でスリップしたトラックに追突されて……。あんなに楽しみにしていた入学式に、母は来られなかった。代わりに来てくれたのが――十数年ぶりに会った、父でした」

誰も相槌は打たなかった。空良はつづけた。

「父は『一緒に暮らそう』と言ってくれました。『ぼくもいまひとりだ。よかったらアリアを連れて、うちに来ないか。いまからでも父娘《おやこ》の関係を取りもどそう』と。申し出を受けて、父の住む家に引っ越しましたが……やっぱり、駄目でしたね。十五年も離れ

ていたから、家族のような気がしないんです。いえ、父は充分に気を遣ってくれました。いい人です。でも実父とわかっていてさえ、どうしても、母と同じようには打ちとけられない……」

いやな娘ですよね、と自嘲《じちょう》する。

「父と共通の話題といえば、アリアのことだけでした。間にあの子がいるときだけは、お互い気まずくなかった。……アリアは、母の実家で飼っていた猫の孫です。母は離婚するとき、わたしとアリアを一緒に引きとったんです」

空良は手で額を覆った。

「……そのアリアを置いて、わたしは父の家を出ました。父に内緒で、学生寮に入る手続きを進めて……。最後の手続きのため『保証人の欄にサインしてください』と頼むと、父は黙ってサインしてくれました。……アリアは、父に託すしかなかった。父もあの子を可愛がっていたから、大丈夫と思ったんです。でもまさか、わたしがいなくなったあと、放し飼いにしていたなんて」

「ちょっとごめんね」

部長がやんわりと割りこむ。

「みんなの話じゃ、アリアはよく大学近辺をうろついていたようだ。猫の習性からしてめずらしいことだが、きみを探していたのかもよ。小隅さんのほうでは、アリアを見かけたことはなかったの？」

「なかった……です。いえ違う。入寮してから、わたしは意図的に猫を避けていたんです。できるだけ、視界に入らないようにしていました。アリアと父を……捨てたようで、心苦しくて」

空良は己の皮膚に爪を食いこませた。

「母が死んで、アリアが去って、そして父まで亡くそうとしているのに……。わたし、まだどうしていいかわからないんです。あのお店を探すのは、自分がアリアに会いたいからなのか、それとも父の最期に会わせてやりたいのか。父に対する感情がどういうものか、自分でも整理がつかない……」

腕に隠されて、彼女の表情は見えない。しかし悲痛な声だった。

「わからない。父はなぜ、十五年もわたしを放っておいたんでしょう。なぜ一度も会いに来てくれなかったんでしょう。口では『ずっと思っていた、会いたかった』と言うくせに、どうして。……わたしの知る父は、善人です。でも十五年間離れていた父と、どうしてもイメージが重ならない」

ああそうか、と森司は思った。

アリアを放し飼いにしていたと、空良があまで憤った理由は、昔の自分と重ねたからか。それは城内琴子が抱いた感情とも似ている。「無責任だ」との糾弾は、父の役目を十五年近く放棄された怒りでもあったのか――。

指で目じりを拭《ぬぐ》う空良に、藍がティッシュの箱を寄せた。

窓の外では学生たちが足早に行きかっている。焼失した屋台や看板を再建すべく、大車輪で働いている。

空良がティッシュで、ひかえめに洟《はな》をかんだ。

空良が帰って数時間後、自警団の代表者の能戸薫から電話があった。

部長が携帯電話をスピーカーにし、テーブルに置く。

能戸のきびきびした声が響いた。

「ご紹介された瀬戸内さんに、今日お会いしました。その件でちょっとお話が」

「なにかありました？」

「なにかというか……瀬戸内さんの画像データ、ご覧になりました？　飼い主の友永さんが、トリコちゃんを抱いている画像」

「見ましたよ。よく撮れてましたね。で、トリコちゃんがなにか？」

「猫じゃないんです。友永詩乃さんのほう」

能戸は声を低めて、

「失礼にあたるかもしれないので、大きな声では言えませんが」と前置きした。

「私的に放火現場の野次馬を撮ったデータが、わたしの手元に四枚あります。そのうち三枚に、友永さんらしき女性が写っているんです」

一瞬、室内に沈黙が落ちた。

部長が慎重に問う。

「能戸さんから見て、偶然ではなさそうだ――と？」

「断言はできません。でも火事の野次馬というのは九割が近隣の住民、もしくは通りがかりの人でしょう。けして近くはない放火四件のうち、三件に写りこむのは偶然とは言えないかと」

「ですね。ぼくもそう思います」

部長は唸《うな》った。能戸がつづける。

「瀬戸内さんにお訊《き》きしたところ、友永さんが離婚して地元に帰ってきたのは、五月のなかばだそうです。そして一連の放火がはじまったのが六月の頭。これもまた、嬉《うれ》しくない一致です」

「なるほど。こりゃあ瀬戸内さんに掛けあって、友永さんと会えるようセッティングしてもらったほうがよさそうだ。引きつづき、よろしくお願いします」

「こちらこそ」

電話が切れた。

部長が一同に向きなおって、「やれやれ」と肩をすくめる。

「わけがわからなくなってきたね。この事件は、やたらに猫と火事とが絡みあってる」

「つまり友永詩乃さんとやらが、連続放火犯かもしれないってこと？」と藍。

「いや、あくまで可能性です」森司が補足する。

「材料が写真だけやったら、通報するには弱い。放火は重罪ですし、軽がるしく疑いをかけたらあきません……よね？」

鈴木が同意を求めるように、泉水を見やる。泉水が首肯して、

「疑わしきは灰いろ、だからな。はっきり黒でない限りはグレイだ。ただ『離婚して地元に帰ってきた』ってのはすこしばかり気になる。離婚てのは、犯罪における典型的な〝ストレス要因〟だろう」

「あ、それ、ぼくも言おうと思ってた」

部長が子供のように挙手して言った。

「放火犯の多くが『つけた火が、燃えあがるのを見るとすかっとした』と言うらしいよ。これは犯行の隠蔽《いんぺい》や自殺、詐欺目的ではなく、純粋に放火そのものが目的な放火犯の場合ね。彼らはストレスが溜《た》まると放火し、炎の浄化によって爽快感《そうかいかん》を得る。

放火本能について日本で最初に研究したのは、精神科医の呉秀三《くれしゅうぞう》だ。呉先生によれば火事は性的な代償行為でもあるという。犯行準備および点火作業のスリル、炎上の光景を眺める陶酔、消火活動や野次馬の集合による高揚、終わったあとの爽快感。これらのプロセスによって、欲求不満が解消されるんだそうだ。『放火したいが人は殺したくないので、消防士になった』なる放火魔までいるらしい。

放火は女の犯罪だという説があるが、これは誤りで、放火犯の八割強が男性だ。とはいえ毒殺と同様、力が要る犯罪ではないので女性の放火魔が一定数いるのも事実だね。

生理前に放火衝動を感じる女性連続放火犯がいたらしいから、やはりなんらかの性ホルモンが関係しているのかもしれない。国内でもっとも有名な放火犯といえば『八百屋《やおや》お七《しち》』だが、このケースも火付けと恋情が直結しているあたり、性的衝動との関連は否めないねえ」

長々と語り終え、部長はココアを飲みほした。

8

翌日は、きれいな秋晴れの空が広がった。

構内はやはり学祭の準備で騒がしい。焼失した看板や櫓《やぐら》を再建すべく、釘《くぎ》を打つ音、木材をのこぎりで切る音。はたまた練習中らしいゴスペルにピアノ。いまひとつチューニングの合っていないギター演奏。

——なんだか、なにもしてない自分が申しわけなくなるな。

そう思いながら森司は、足早に歩道を歩いた。

しかし、実際やることがないのだからしょうがない。森司が属する経済学部は客に提供できそうな農作物とも娯楽とも無縁であるし、工学部のようにロボットや小型飛行機で楽しませることもできない。

オカ研で屋台でも出せば別なのだろうが、あいにく部長は例のお化け屋敷の監修に忙しく、苦学生の泉水と鈴木はバイト優先で学祭どころではなかった。

鈴木といえば、女装してこよみの代わりに出場という〝人身御供案《ひとみごくうあん》〟が出されたらしい。しかし鈴木本人の拒絶に加え、背後で泉水が睨《にら》みをきかせていたおかげで立ち消えになった。

とはいえミスコンの出場者は一応足りているようで、今年も例年どおりつつがなく開催されるようだ。

――ミスターのほうは、どうせ今年も小山内《おさない》だろう。

新入生は毎年入学してくるものの、残念ながら今年も、歯学部の小山内陣《じん》をしのぐ美男子は入ってこなかった。もし泉水が出場するなら結果は変わってくるかもしれないが、その可能性は万に一つもあり得ない。

「おーい、八神！」

耳慣れた声に、森司は足を止めた。学部棟の開いた窓から、同ゼミの学生が身を乗りだしている。

「どうせ暇だろ？　これ食ってけよ。うちのサークルが屋台で出す試作品」

「いいけど……おまえ、なんのサークルだったっけ」

「テニサー兼飲みサー。まあ安心しろ。ベースは既製品だから」

そう言う彼が差しだしているのは、白いプリンのような物体が入ったカップだった。

行儀が悪いのを承知で、嗅《か》いでから一口食べる。杏仁豆腐《あんにんどうふ》であった。

「どうだ？」

「いや、普通の杏仁豆腐……。ていうかこの味、覚えがあるぞ。これ業務用スーパーのやつだろ？　せめてクックパッド見るか、粉から作るやつにしようぜ」

「やっぱバレるか。本番はSNS映えするよう、チェリーを載せたりミントの葉っぱを飾ってごまかす予定なんだが」

「飾るのは賛成としても、杏仁豆腐くらい作ろうや。そんで市販のウエハースでも挿して、ヨーグルト用のフルーツソースかけて、ミント飾ればなんとかなるだろ」

「おっ、いいな。それいけそう！」

同ゼミの学生が目を輝かせる。

「アイディアいただき！　サンキュー八神、もう一杯食っていいぞ！」

有無を言わさず新たなカップを押しつけ、彼は窓をぴしゃりと閉めた。

「…………」

森司は嘆息し、二杯目のカップを見下ろした。まあいい。杏仁豆腐に罪はない。それに業務用スーパーの品はけっしてまずくない。むしろ安心安定の味と言える。

――確か杏仁豆腐は、こよみちゃんも好きだったよな。

森司は目を閉じた。

野望のひとつ、〝彼女をいつかアパートに招待し、手料理をふるまう〟の妄想がむくむくと頭をもたげはじめる。

そうだ、女の子を招待するならやはりデザートは必要だ。杏仁豆腐は、なかなかいい手ではないだろうか。さらなる女の子受けを考えて、たとえばウエハースよりリッチめなリーフパイを挿す。ミントの葉は不可欠として、フルーツソースでなくジャムでは……などと考えつつ、森司は壁にもたれた。

杏仁豆腐のカップ片手に、あいた利き手で携帯電話をいじる。

そういえば今日は自警団のツイッターをチェックしていなかった、と思いだした。リプ欄のチェックは、森司に一任されているのだ。七割がただの猫好きで、二割が情報提供、一割はただの雑談であるが、意外と読んでいて面白い。

ふむふむと目を通していく森司の視線が、やがて一点で止まった。

「――かるい気持ちで書きこんだのに、いやあ、こんなに早く反応してくれるとは」

恐縮したように、男は額に垂れた白髪をかきあげた。

ところは男の自宅である。

『花谷《はなたに》』と表札を掲げた木造平屋の座敷で、オカ研一同は男と向かいあっていた。縁側から望める、色づきはじめた楓《かえで》や橅《ぶな》が美しい。

「ツイッターのリプライを拝見してうかがいました」

部長が手土産を差しだしながら言う。

「花谷さんは、例の喫茶店に心当たりがおありだとか」

「心当たりというか、以前に通ってた店に似ていると思ってね。大正モダンふうの造りで、猫が集まる喫茶店といったら『円香《まどか》』しか思いあたらんなあ、と」

花谷は腕組みして、

「貨幣単位の円に香りと書いて、円香だよ。看板の表記は旧字体で『圓香《まどか》』だったがね。コーヒーじゃなく、紅茶とミルクを出す店だった。マスターが大の猫好きだったから、マスター自身の飼い猫はもちろん、客が連れてくる猫で店内が溢《あふ》れかえってね」

「その店は、どちらにあるんです？」

「もうないよ。二十年ほど前に取り壊された。いまは舗装されて月極《つきぎめ》駐車場だ。まったく、風情もなにもあったもんじゃない」

嘆かわしい、と言いたげに花谷はかぶりを振った。

「マスターはそこら一帯の地主でね、税金対策のためにやってるような、採算度外視の店だった。だからこそ猫を自由に出入りさせていられたのさ。いちげんさんおことわり、とまでは言わんが、ほとんど会員制に近い喫茶店だった。カフェじゃなく、ティールームって言やあいいかな」

「花谷さんも常連でいらしたんですか」

「その頃は、先代の猫が生きてたからね」花谷は声を落とした。

「わたしも妻も六十を過ぎたんで、新しい子を飼うのはやめたんだ。わたしらが死んで、猫だけ遺《のこ》すのはやりきれないもんなあ」

額《な》を撫でて、「ともかく」と声音をあらためる。

「とっくになくなった店なんで、書きこんでも意味ないかとは思ったんだ。だが猫の幽霊に会える店があるなら、わたしだって行ってみたい。情報の足しにでもなるかと思って、書きこんでみたわけさ」

まさか家まで来てくれるとは——と笑う花谷に、部長が尋ねた。

「『円香』は、どうして閉店したんですか?」

「マスターが亡くなったんだ。いや、閉店の数年前に奥さんを亡くしてから、店自体休みがちだったんだがね。やもめになって一気に老けこんじまった。愛妻家だったのさ。店名の『円香』だって、奥さんの名前だったし」

花谷は茶を啜《すす》って、

「マスターの息子は、両親とは正反対の功利主義者でね。相続してすぐに『円香』を解体して、更地にしてしまった。さっきも言ったように、いまはだだっ広いだけの月極駐車場さ。野良猫一匹寄りつきゃしない」と嘆息した。

「当時の常連とも交流がなくなって、寂しい限りだよ。しかたがないから妻と共有のツイッターアカウントなぞ作って、猫好きとネットで交流してるんだ。能戸さんとも、以前から相互フォロワーでね。彼女のアカウントはいい。赤ちゃんと、猫の画像がいっぺんに楽しめる」

と彼が相好を崩したとき、玄関の方角が騒がしくなった。

「なんだ、客かな？」

「ああすみません、ぼくらの仲間です。ひとり遅れて来ることになっていまして」

部長が答える。しかし騒がしさは増すばかりだった。小走りの足音が近づいてくる。

「ちょっと、お父さん！」

硝子《ガラス》障子が勢いよく開く。細君の登場に花谷は顔をしかめて、

「なんだおまえ、やかましいぞ。お客の前で……」

言いかけた声が途切れた。

口がぽかんとひらき、一点で視線が止まる。

彼の目線は細君の背後に立つ、〝遅れてきた仲間〟こと、小隅空良に吸い寄せられていた。

「り……良子《りょうこ》ちゃんか？」

「あ、やっぱり似てます？」

部長が眼鏡の奥で微笑む。

「はい、良子は母の名ですが……どうかされました？」

興奮しきりの細君と、呆然《ぼうぜん》自失の花谷を見比べ、空良は目を白黒させた。

かつて『円香』が建っていたという通りは、大通りから道二本ぶんはずれた、住宅地にほど近い小路であった。

森司たちオカ研一行は花谷とともに、ローソンのイートイン席に居座っていた。

ただのコンビニではない。『円香』の跡地である、月極駐車場の真正面に建つローソンだ。

「まわりにファミレスもカフェもないから、ここで待たせてもらおう。さいわい混んでる時間帯じゃない」

部長が苦笑した。とはいえ地方都市は車で来る客が多く、イートイン席はたいてい空いている。その場で食べるとしても、九割は車内で飲食するからだ。

能戸薫からメールが届いたのは、二十分ほど前だった。

「あらためて瀬戸内さんと話したら、どうも雲行きがおかしくて」

困惑ぶりが伝わってくる文章だった。

「もう一度瀬戸内さんと話してから、そちらと合流します。わたしも花谷さんとお会いしたいですし」

了解です、と部長は返信し、そして現在に至る。

花谷が店のガラス越しに通りを眺めて、深ぶかと嘆息した。

「驚いたな。この通りへ来るのはひさしぶりだが、昔に戻ったみたいだ」

「火事のせいですね」

部長が言う。花谷はうなずき、通りの向こうを指さした。

「まさか放火魔が狙ったわけじゃないだろうがな。あそこら一帯にあった、消費者金融の無人契約店やら激安ショップが燃えちまったせいで、二十年前の景観に戻ったよ。厳密に言やあ、昔は古本屋や甘味処《どころ》が並んでいたが、目立つ看板は出しちゃいなかったからね。……言っとくが、どの店も赤字で潰《つぶ》れたわけじゃないぞ。跡継ぎがいなくて、泣く泣く店じまいを決めたんだ」

「中小企業や大手チェーン以外の小売業は、いろんな意味で経営が厳しくなりました」

鈴木がしんみり相槌《あいづち》を打つ。

花谷はカフェインレスのカフェラテを含んで、

「良子ちゃ——じゃなかった、空良ちゃん」

と空良を見やった。

「あんたのお母さんは、わたしら夫婦と同じく『円香』の常連だったよ。マスターに負けず劣らずの猫好きでね。お父さんの小隅くんとも、店で出会ったんだ。良子ちゃんはいつも愛猫の更紗《さらさ》と『円香』に来た。覚えているかい、更紗のこと？」

「え、——……」

空良の瞳《ひとみ》が揺れた。

「知らな……いえ、待ってください。待って」

片手を振り、もう片手でこめかみを押さえる。

「覚えては、いない、です。……でも、聞き覚えがある気がする。アリアは、母の実家で飼っていた猫の孫で……その猫の名前は、なずな。なずなが生んだ子は——」

「それが更紗だ」

花谷は言った。

「なずなは七匹の子を生み、五匹が里子に出された。残ったうち一匹の更紗を、良子ちゃんは妹のように可愛がって育てたんだ。そして小隅くんと結婚し、更紗とともに嫁いだ。やがて更紗がアリアを生み、良子ちゃんはきみを生んだ。きみたちは、五人家族だった」

「え——でも」

空良は首を振った。

「母が、言ってました。アリアは、わたしが二歳のときにもらってきた子だって。里子に出したなずなの子が、大人になって子供を生んだから引きとったんだって」

「そうか。そう説明していたのか」

花谷は眉間《みけん》に皺《しわ》を刻んだ。

「じゃあわたしは、よけいなことを言わんほうがいいな。それが良子ちゃんの意思なら」

「いえ」空良がさえぎる。

「いえ、話してください。……母が話すまいと思ったのは、わたしが子供だったからでしょう。でももう、真実を知っていい歳です。お願いします」

花谷はまだためらっているようだった。横から黒沼部長が言い添える。

「小隅さんのお父さんは、いま入院中だそうです」

花谷がはっと顔をあげた。

逆に空良がまぶたを伏せる。

部長は空良に微笑みかけた。

「勝手に言っちゃってごめんね。でも、ぼくもきみに賛成だ。きみには知る権利があるし、いまはその権利を行使するべきときだと思う」

花谷は店内をうかがった。

ほかに客はいない。店員のひとりは雑誌コーナーで品出しをしており、もう片割れはバックヤードから出る様子がない。

花谷はいま一度カフェラテを呷《あお》ると、

「小隅くんは――きみのお父さんは、悪くなかったと先に言わせてくれ」

押し殺した声で告げた。

「ただ、その……彼の実母は、不安定な人だった。家族と縁が薄い人だったんだな。早くに親を亡くし、夫とも結婚して数年で死に別れた。小隅くんはそんな彼女の一人息子で、愛する夫の忘れ形見でもあった。溺愛《できあい》したのも、無理はない」

だから彼女は、良子ちゃんに息子を盗《と》られたように思ってしまったんだ――。

花谷は言った。苦渋の滲《にじ》んだ声だった。

「最初はいわゆる〝嫁いびり〟の範疇《はんちゅう》だったらしい。しかし小隅くんは当然、良子ちゃんをかばう。お母さんはそれが面白くないから、よけいにいびる。その繰りかえしのうち、どんどんエスカレートしていったのさ。

妊娠中の良子ちゃんが階段から突き落とされかけるという事件が起きて、孝行息子の小隅くんもさすがに引っ越しを決意した。出産まで良子ちゃんを実家に里帰りさせ、いったんは疎遠になった。しかし孫の誕生でお母さんの態度が軟化したこともあって、なんとなくなあなあで付き合いが復活したんだ。……事件が起こる直前には合鍵《あいかぎ》を預け、孫をまかせるまでに、仲が修復されていたらしいからな」

「事件って、なんです」

空良が白い顔で問う。

花谷は吐息とともに言った。

「――その日、小隅くんは仕事で、良子ちゃんは実家の法事だったらしい。孫のきみを預かった小隅くんのお母さんは、庭から刈りとって乾燥させた草束に火をつけた。その頃はまだ、野焼きは法律違反じゃなかったからな。

だが彼女がその次にしようとしたことは、あきらかな犯罪だった。彼女はまだ赤ん坊の、眠っているきみを箱に詰めて焼こうとした」

空良の頬が強張《こわば》った。

「いやな話をしてすまない。しかし、これが真実なんだ」

花谷が顔をしかめ、言葉を継ぐ。

「もちろんきみは、無事だった。傷ひとつなく、いまここにいる。……代わりに燃やされたのは、猫の更紗だ。きみより一歳年長のアリアが暴れたせいで、小隅くんのお母さんはそちらに気をとられた。その隙に更紗ときみは、どういうわけか入れ替わったんだ。成猫は赤ん坊とほぼ同じ重量だ。彼女は気づかず、箱を炎の中に投げ入れた――」

帰宅した良子は、更紗の遺体を見て半狂乱になったという。

呆然《ぼうぜん》とする小隅の前で、母親は歯嚙《はが》みしてみせた。

――確かに殺してやったと思ったのに、なんてしぶといガキだ。猫も邪魔だが、ガキのほうがもっと目障りだ。見ていなさい、次こそ息の根を止めてやる。

脚を踏み鳴らしてわめく母親に、小隅は「ああ、駄目だ」と絶望した。

おれの母親にはなにを言おうが、どう処置しようが無駄だ。妻と娘を守るには、母から逃がすほかない。

もしおれが妻たちと一緒に逃げたなら、母はどんな手段をとってでも、地の果てまで追ってくるだろう。おれが犠牲となって母のそばにとどまり、妻子を安全な場所へ遠ざけるしか手立てはない——。

「緊急避難としての、離婚だったんだ」

花谷はいたましそうに空良を見た。

「けして、お互い嫌いあっての離婚じゃない。だが幼いきみに、事情をそのまま伝えるわけにもいかない。ただひとつ言えるのは、良子ちゃんも小隅くんも、きみを守るために決断したってことだ。良子ちゃんはどう説明したかは知らないが、それが真実だ。

小隅くんは実母と同居し、言動をつぶさに見張って監視しつづけた。きみたちの情報を完全に遮断し、近づけさせなかった。むろんその間、彼自身もきみに近づくことはかなわなかった」

「祖母は——」

空良は呻《うめ》いた。声が、ひび割れていた。

「祖母は、いつ亡くなったんでしょう」

「新聞の『お悔やみ欄』に、二、三年前に載ったのを見たよ。小隅くんに連絡はとらなかったから、葬儀をどうしたのかは知らないが」

「母の名は、新聞に載せませんでした」

空良が言う。花谷がはっとした顔になった。

「そうか、ということは良子ちゃんも——。お悔やみが遅れて、申しわけなかった」

いいえ、と空良は首を振って、

「葬儀社のかたに掲載するかと訊《き》かれましたが、お断りしました。生前の本人の意思です。思えば母はずっと、目立たないように、人目につかないように生きていました。……逃げていたから、だったんですね」

狂気の 姑《しゅうとめ》から、とは彼女は口にしなかった。

ただ、指で眉間を押さえた。

「子供の頃から、何度も夢に見た光景があります。わたしは狭くて暗いところにいて、アリアが『出ろ』と身ぶりで急《せ》かすんです。記憶はそこで途切れて、次に気がつくと、母が泣いていて――。そうか、あれはアリアじゃなく、母猫の更紗だったんですね。模様がよく似ていたから、ずっとアリアだと思っていた」

店の外では、いましも秋の陽が暮れようとしていた。

雲が金と桃いろに染まり、空の浅葱《あさぎ》に橙《だいだい》が混じりつつある。通りのパン屋はすでに半分以上シャッターを下ろし、その前を郵便配達員が原付で走り過ぎていく。月極《つきぎめ》駐車場に入っていく車のブレーキランプが、どぎついほど赤い。

黒沼部長の携帯電話が鳴った。

「すみません。能戸です」

薫だった。

「ようやく事情がわかりました。いま、友永詩乃さんとそちらへ向かっています。下中通りのローソンですよね？　あと五分ほどで……」

「――あ」

森司は声をあげた。

思わず泉水を見あげる。泉水は椅子に座らず、Lサイズのホットコーヒーを手に窓際に立っていた。なかば無意識に、うなずきあう。

彼も自分と同じものを視ているのがわかった。そして泉水の隣にいる鈴木も。

「あの、小隅さん」

おずおずと、森司は言った。

「できれば信じてほしいんですが、ガラスの向こうにいま、鉢割れの黒猫が一匹います。脚の先が白くて、尻尾《しっぽ》だけ虎縞《とらじま》の子。おれにはわかるんですが、もう生きていない猫で……そして、あなたを呼んでいます」

10

「どこまで行くんでしょう?」

と、不安そうに尋ねたのは能戸薫だった。

かたわらには、彼女が連れてきた友永詩乃がいた。

痩《や》せぎすで顔いろがよくない。しかしあと七、八キロ太れば、溌剌《はつらつ》とした美しさを取りもどすに違いなかった。

「わかりません」森司は答えた。

「でもアリアか更紗か不明ですが、とにかくこの猫が、小隅さんをおかしなところへ連れていくはずはないかと」

一行は鉢割れの黒猫を道先案内人に、鴨の親子のごとく連なって歩いていた。

現在は某市議の選挙事務所を右折し、ちいさな弁当屋に差しかかりつつある。揚げ物と煮魚のいい匂いが漂ってきた。

「――瀬戸内さんの話は、いろいろと不正確でした。いえ、彼女の中の真実だけを話していた、というか」

薫がそうオカ研一行に語ったのは、ローソンを出てのちの道すがらであった。

「友永さんの了解をもらったので、代わりに話させてもらいますね。――友永詩乃さんが離婚して、地元であるこの街に戻ってきたのは五月のことです。離婚理由は、ご主人のモラハラとDVでした」

詩乃は恥じ入るように目を伏せ、

「結婚前は、やさしい人だったんですが……」

と言ったきり、口をつぐんだ。

彼女の目くばせを受け、薫はつづきを話しだした。

元夫は、詩乃が勤める会社の下請けの営業社員であった。彼は快活《は》で明るいスポーツマンだった。同僚や後輩からの信頼も厚かった。しかし入籍して早や二箇月で、詩乃は夫に疑いを持った。

――この人、わたしが思っていたような人じゃないかもしれない。

共働きなのだから生活費折半、家事も折半という取り決めは早々に反故《ほご》にされた。

「おれは仕事で疲れてるんだよ。は？　女のする仕事と一緒にすんなよな」

「気が利かない。もっと男を立てろよ。なんだその辛気くさい顔？」

どうして家計にお金を入れてくれないのかと詰《なじ》ると、「ヒステリー」で片づけられ、「金、金、金って、うんざりだ」と吐き捨てられた。

結婚前には「猫好きだ」と言っていたのに、いざ一緒に住みはじめたら、あからさまに邪険にするようになった。

子供は共同名義の通帳に三百万貯まってからつくる約束だった。しかし彼は避妊にいっさい協力しなかった。家事は「疲れてる」、「女の仕事だろ」の一点張りだった。あるとき彼がソーシャルゲームに万単位で課金していると発覚し、問いつめると殴られた。

それが皮切りだった。夫は些細《ささい》なことで、毎日のように詩乃を殴るようになった。

――この結婚は間違いだったのではないだろうか。

――でも、親を悲しませたくない。みんな祝福してくれたのだから、期待を裏切りたくない。

そう思ってずるずる耐えるうち、暴力はエスカレートしていった。

入院するほどの大怪我を負わされたのは、去年の夏だ。

意識を取りもどしたときには、すでに病院だった。鎖骨と肋骨《ろっこつ》二本、頬骨を折っており、肝臓を一部損傷していた。

呆然《ぼうぜん》とする詩乃に、医師は「赤ちゃんは、残念ながら……」と告げた。その瞬間に詩乃は、自分が妊娠していたとはじめて知った。

迎えにきた両親に、詩乃は引きとられるかたちで退院した。

だが飼い猫のトリコは夫が手放そうとしなかった。交渉は長引いた。

十一月に入って、詩乃は離婚のため弁護士を雇うと決めた。トリコの引きとり交渉も、同時に進めるつもりであった。

弁護士から連絡を入れさせて以降、夫はおとなしくなった。いや、おとなしくなったかに見えた。

元同級生の瀬戸内からメールがあったのは師走《しわす》に入ってからだ。

「詩乃の旦那《だんな》さん、ひどいね！　信じられない、SNSにこんなの上げてたよ！」

添付の動画を観て、詩乃は己の顔から血の気が引く音を聞いた。

そこにはトリコが解体され、絶命するまでの一部始終が映しだされていた。あきらかに、詩乃への当てつけと腹いせであった。

夫との離婚は一月に成立した。

しかし詩乃は動画を目にして以来、精神安定剤と睡眠剤なしでは日常生活を送れなくなっていた。彼女が親もとを離れ、ふたたび独り立ちできるまでに、三箇月半を要した。

「え、ということは、その瀬戸内さん本人がしれっと『友人を、また猫と会わせてあげたい』なんて相談に来てたんですか」

森司は思わず声をあげた。

「なんて無神経な。いや瀬戸内さんは百パーセント善意のつもりとしても、傷口に塩……あ、すみません」

詩乃を見て、慌てて森司は謝罪した。

「いいんです。その通りです」ほろ苦く詩乃が認める。

「彼女はまじり気ない善意の人で、正義のつもりなんです。瀬戸内さんが思う正義が、ほかの人間の迷惑になるかもなんて疑いもしない。……元夫とはまた違った意味で、怖い人です」

答える口調が硬かった。

「いまもわたしは、トリコを思いだそうとすると、真っ先にあの動画が頭に浮かびます。あの子が生きたまま耳を削がれ、手脚を——。生前のいちばん可愛い顔を思いだしたいのに、記憶に焼きついた映像が邪魔をして……」

陽はいつしか落ち、あたりは暗くなりかけていた。

街灯の光が薄闇にぽっかりと白い。森司を導く黒猫の姿も、夜に溶けかけている。

ぴんと尻尾を立てた姿勢で、猫はブロック塀の角を曲がった。

途端、森司は目を見張った。

一行はもとの通りに戻っていた。

放火で焼け落ちた消費者金融の支店。激安ショップの跡地。白地に青く光るローソンの看板に、月極《つきぎめ》駐車場――。

いや。

森司は思わず前のめりになった。泉水が「……おい」と小声で言うのが聞こえた。

光景が変わっていた。

さきほどまで月極駐車場だったはずの場所に、店が建っている。

大正モダンな建築の喫茶店だ。窓は格子にあやめ模様のステンドグラスで、銘仙柄のカーテンがかかっている。ブリキ製らしき突出看板には、『圓香』の飾り文字が刻まれていた。

「信じ、られん」

花谷が啞然《あぜん》とつぶやいた。

『円香』だ――。二十年前に消えた店が……あの頃のままだ」

よろめきながら、彼は数歩踏みだした。

自然と森司たちもあとを追う。

入り口は、色ガラスの嵌《は》まったアンティークな帯桟戸《おびさんど》であった。手を伸ばし、花谷が戸を開けようとする。しかし一瞬前に、

「駄目です」と泉水が止めた。

なぜ止めるのか、と花谷の瞳《ひとみ》が揺れる。

代わりに答えたのは森司だった。

「この店に、入っては駄目です。害を為《な》すものじゃないが、足を踏み入れたらどうなるかわからない。なぜって――」

息継ぎし、彼は言った。

「この店そのものが、幽霊だからです」

黒沼部長を振りかえる。

「前に部長が言ってましたよね。古物にも魂が宿り、意思を持つことがある。日本ではそれを付喪神《つくもがみ》と言う、と。おそらくこの店はそれだ。付喪神の亜種です。化け物屋敷なんていうのではなく、なんていうか、もっと……」

森司は言葉を切った。

帯桟戸が、すうと中から開いたからだ。しかし招き入れられたのは、彼らではなかった。尻尾《しっぽ》だけが縞《しま》の黒猫が、店内へ優雅に滑りこむ。

「なんてこった」花谷が呻《うめ》いた。

「わたしにも、更紗が見えたぞ。店に入っていった。間違いなく更紗だった」

彼は喫茶店の窓に張りついた。ガラス越しに中を覗《のぞ》きこむ。

花谷の背後で、空良が息を呑《の》んだ。

窓際の席に、男女が向かいあって座っていた。二十代なかばだろうか、二人とも笑顔だ。

服装が、女性の化粧が、現在と微妙に違う。だがきりりとした太い眉《まゆ》と、意思の強そうな瞳は空良とそっくりだ。

テーブルにはティーポットと揃いのカップが二つ。そして尻尾だけが縞の黒猫が、ポットと並ぶようにまるくうずくまっていた。

「小隅くん……、良子ちゃん」

花谷が、あえぐように言った。

森司は思った。この店は、幸福だった時代を覚えているんだ――。

おそらくは土地に沁《し》みついた記憶であり、思念なのだろう。店長が、客が、猫たちが、そして店自身がもっとも幸福だった頃を覚えている。

きっかけは、火事だ。放火によって新しい店が焼け、二十年前の景観に戻った。

店は目覚め、思いだしたのだ。

かつてここに集まっていた人たちを。あたたかく賑《にぎ》やかで、人と猫で溢《あふ》れ、幸せだった頃を。

――これは、店の記憶だ。

「ベル」

薫がちいさく叫んだ。

「あそこ、店の奥――。ベルがいます。わたしが小学生の頃に死んだ猫」

「うちの文太《ぶんた》だ」花谷が言った。

「二十年前の女房がいる。文太を、抱いてる――」

彼の語尾が、涙でぼやけた。

森司の目にも、カウンターに座る花谷の細君がわかった。彼女は膝《ひざ》に灰白の猫を乗せ、背をやさしく撫《な》でていた。丸まると太った、穏やかそうな猫だった。飼い主の愛撫《あいぶ》に、うっとりと目を細めている。

窓際の席では、空良の父親が更紗を抱きあげていた。更紗が彼の指に頬を擦りよせる。

彼が笑い、その向かいで良子が微笑む。

美しい、と森司は思った。

過ぎ去ったからこそ清冽《せいれつ》で、二度と取りもどせないからこそ美しい光景だった。

かつて客が愛し、店が慈しんだ空間がそこに在った。

「……おかあさん」

空良が、ぽつりと言った。

「どうしよう、わたし――」

母に会いたいです。アリアに会いたい――。

そう言って彼女は、掌で口を覆った。

「家族に、会いたい。いまはじめて気づきました。わたし……わたし、こんなに寂しい」

　――こんなにも寂しい。

　指の間から、細い嗚咽《おえつ》が洩《も》れる。

「どうしたい？」

　部長は小声で問うた。

「小隅さん、きみは明日からどうしたい？」

「わたし……、わたし、父のお見舞いに行きます。――父とアリアの話がしたい。母の話がしたい。聞かせてもらいたいことが、たくさん……」

　言葉が消えた。

　空良が啜《すす》り泣きはじめる。その肩を、薫がそっと抱いた。

　夜風が強く吹き抜ける。しかし『円香』の突出看板は揺れない。

　森司の目の前で、看板の飾り文字が次第に、空気に溶けるように薄れていった。ステンドグラスも帯桟戸も、同様に色を失う。消えていく。

「あ、――……」

　花谷が名残り惜しそうに手を伸ばした。

　だが店の姿は、すでになかった。

　あとには月極の看板を掲げた、駐車場だけが索漠と広がっていた。

「――すみません、友永さん」

黒沼部長が、友永詩乃を振りかえった。

「トリコちゃんと、会わせてあげられなかった。残念ながら、あなたたちは『円香』の常連ではなかったので……」

「いえ、いいんです」

詩乃はかぶりを振った。

「この場に立ちあえただけで、満足です。トリコに会えなくても、……幸せのおすそわけをいただきました」

「ところで、ひとつ訊《き》きそびれていたことが」

部長が人差し指を立てた。

「友永さんはなぜ、放火の現場に何度も出現していたんです？　まるで火事を探してでもいたみたいに」

それは、と詩乃が言いかける。しかしその前に、

「おい、なにか焦げくさいぞ」泉水が往来の向こうを見やった。

「ほんとだ。それになんだか、騒がし……」

森司は目を見張った。

雑居ビルの向こうから、オレンジの粉が夜空に舞いあがっている。火の粉だ。ぱちぱち爆《は》ぜる音とともに火の粉が躍り、追うように黒煙が噴きあがってくる。

「火事だ！」

遠くで誰かが叫んだ。

部長が即座に携帯電話を取りだし、一一九番をダイヤルする。

火事だ。消火を手伝わなければ、と森司はまごついた。また例の放火か。しかし水はどこだ。水元があれば、民間人でもバケツリレーが――いやそもそもバケツはどこだ。

うろたえて首を左右に振ったとき、視界の端を黒い影がかすめた。

影は細い小路から飛びだすやいなや、森司たちを見て一瞬立ちすくんだ。

顔は見えない。しかしシルエットからいって三十代から四十代の男だ。

森司が思考をまとめる前に、泉水が怒鳴った。

「八神、行け！」

「はいっ」

森司は猛然と飛びだした。しかし男は意外な行動に出た。森司から逃げるかと思いきや、逆に向かってきたのだ。

まっすぐ追う気だった森司は、咄嗟《とっさ》に止まれなかった。

なまじスタートダッシュがよすぎたのが災いした。急ブレーキも方向転換もできない森司の脇を、男は通り過ぎていった。

男が叫ぶのが聞こえた。「詩乃！」

森司はつんのめるようにして止まり、体ごと振りかえった。

街灯の下で、友永詩乃が恐怖に顔を歪《ゆが》めているのが見えた。脚が動かないらしい。凍りついたように、その場に立ちつくしている。

泉水が割って入り、詩乃の前へ立ちはだかった。

しかし一瞬早く、男の脚もとをちいさな二つの影が駆け抜けた。

男はバランスを崩し、前へのめった。受け身もとれず、肩からアスファルトへ倒れる。駆け寄って、その背を泉水が膝で押さえつけた。すかさず腕をねじりあげる。男が悲鳴をあげた。

男が走り出た小路から、数人の警官が飛びだしてきた。

泉水に取り押さえられている男を見、「マル被か？　マル被だな？」と確認する。

「七時四十二分、被疑者逮捕！　現行犯逮捕だ！」

泉水に代わって、警官が男に手錠をかけた。

男は地面に伏せたまま首をもたげ、白目を剝《む》いて詩乃を睨《にら》んだ。平凡な容姿に見えた。しかし双眸《そうぼう》にぎらついた憎悪は、凡庸にほど遠かった。

「……元夫です」詩乃が呻《うめ》いた。

「もしかしたら、と疑っていました。実家を出たわたしを追って、探している元夫の仕業じゃないかと。だから現場にこっそり行って、様子をうかがわずにいられなかった」

「危ないことを」

部長が顔をしかめた。

「ストーカーの前へ、自分から出ていくような真似はいけませんよ。動向が気になるのはわかりますが、先に警察に相談すべきだった」

「前に住んでいた街の交番で、『DVくらい』と鼻で笑われたんです。だから警察は、信用できなくて。それに、火事で家財を燃やされたかたたちへの罪悪感もありました。いてもたってもいられなかったんです」

詩乃が唇を噛《か》む。

「あのう、それより」鈴木が口を挟んだ。

「さっきのん、見ました？　あの男を転ばした、ふたつの影――」

「見た」と森司。

「見えたな」泉水もうなずく。

森司は詩乃を見やって、

「あいつの足もとをすくうように、二匹の猫が駆け抜けていったんです。一匹は鉢割れの黒猫で、もう一匹は三毛猫でした。白毛に黒と茶が散った、細身のきれいな猫」

詩乃の双眼が、ゆっくりと見ひらかれていった。

「あの二匹は、〝店の夢〟じゃなかった。火に吸い寄せられていたというか、……きっと、飼い主が心配だったんでしょう」

詩乃と空良は顔を見あわせた。

その顔が次第に、泣き笑いでくしゃりと歪む。

部長がつぶやいた。

「精神科医のウィルヘルム・ステッケルによれば、『放火狂の大部分は無気力で不幸な人間で、自分は社会から拒絶されていると感じている。彼らはしばしば強い劣等感に苛《さいな》まれる』そうだ。……離婚がストレス要因ではという仮説は、正解だったね。

この手の人間は妻に背を向けられると、世界じゅうから拒絶されたような絶望と怒りを覚える。自分の力を誇示し、ストレスと欲求不満を解消できる方法として、彼らは放火という手段をとるんだ」

二人の警官が、詩乃の元夫を引き立てていった。

消防車のサイレンに、パトカーのサイレンが重なっている。

黒煙はいまだ立ちのぼっていたが、火の粉はもう見えない。野次馬たちの喧騒《けんそう》ばかりが大きい。

「いやあ、お手柄だね」

年配の警官が、笑顔で泉水の腕を叩《たた》いた。

11

大学祭の初日は、すがすがしいほどの秋晴れだった。

暑くもなく寒くもなく、長袖《ながそで》のニット一枚で歩ける気温と湿度である。薄い雲が千切れ、風はなく陽射しが柔らかい。まさに学祭にはうってつけの日和と言えた。

「あれ、八神くん仮装してないの」

聞き慣れたいつもの声に、森司は歩を止めた。

声の主は黒沼部長――だったが、姿のほうは〝見慣れたいつもの〟とはいかなかった。

額のど真ん中に太い五寸釘《ごすんくぎ》が刺さっている。釘の根もとからは鮮血が流れ、鼻筋と頰をつたって顎《あご》にまで垂れ落ちていた。

「ええと、部長……。ハロウィンパレード用の仮装、ですよね？」

「当たり前でしょ。さすがにここまでされるほど恨みはかってない」

そう笑う彼の背後には、常のごとく従弟《いとこ》がボディガード然と立っている。こちらはといえば額にホッケーマスクを引っかけ、模造のごつい山刀《マチェーテ》を手にしていた。

「泉水さんはジェイソンですか」

「急ごしらえなんで、ジェイソンもどきだ」泉水が応《こた》える。

「あやうく学部のやつらに捕まりかけて、ドラキュラの扮装《ふんそう》で客寄せパンダにさせられるところだった。だがさいわい、おれのサイズに合うタキシードがなかった」

「でしょうね」

森司はうなずいた。身長百九十センチ、推定体重九十キロ超の泉水が着られるタキシードは、なかなか貸衣装屋にはあるまい。

部長が割りこんで、

「八神くんも即席でいいからなにかしなよ。ほら、鈴木くんだって仮装してる」

「えっ、鈴木が」

森司の脳裏を「もしや、みずから女装」の十文字が駆け抜けた。

泉水が脇へどき、その陰から鈴木瑠依があらわれる。

森司は瞠目《どうもく》した。

鈴木はいつものモッズコートにデニム姿であった。しかしてその顔は——見えなかった。彼の頭部は、白い不気味なゴムマスクにすっぽりと覆われていた。

「こんにちは。『犬神家の一族』の佐清《すけきよ》です」

彼は自分を指さして言った。マスクでくぐもってはいるが、確かに鈴木の声だ。

「部長さんに貸してもらいました。実行委員に見つかると、女装させられそうなんで」

「そ、そうか。大変だな」

森司はねぎらいの言葉をかけた。

その刹那《せつな》。

なにやら視界に、きらめく美しいものが入ってきたのがわかった。森司は目を細めた。気配だけでも神々しいとわかる。しかも複数だ。近づいてくる。

「八神先輩」

鼓膜をとろかすような声がした。

「な——灘」

森司は庇代《ひさし》わりに手をかざした。あまりにまぶしい。直視できない。

眼前に恥ずかしそうに立っているのは、魔女の扮装をしたこよみであった。黒のシンプルなAラインワンピースを着て、頭に三角帽子。手には箒《ほうき》を持っている。ワンピースの丈が短いため、めずらしく両の膝小僧《ひざこぞう》があらわになっていた。

「ね、似合うでしょ？　可愛いでしょ？　あたしが選んだの」

嬉々《きき》として言うもうひとりの美女は、むろん三田村藍だ。

彼女はコスプレらしいコスプレはしていなかった。だが部長とお揃いのパターンで、脳天に斧《おの》が突き立っていた。派手な血のりが、同じく顎まで垂れている。

「なんだ八神くん、なにも扮装してないの？　面白くない子ねえ」

「いや、まさかみなさんがこんなにノリノリだとは」

「しょうがないな。きみ、ちょっとそこに座りなさい。応急処置として頭に包帯巻いて、それっぽくしてあげる」

かくして森司の頭には〝仮装の応急処置〟として包帯が巻かれ、赤インクで血の滲《にじ》みが演出された。黒沼部長が血の滲み具合に凝っている間に、

「とても似合うわ、泉水ちゃん」と藍が彼を見上げて拍手した。

「ホッケーマスクはともかく、マチェーテが似合う。まるで生まれたときから持っているかのようよ」

「誉《ほ》め言葉と取っておく」

泉水は半目で応えた。

一行は模擬店街を目指して歩きはじめた。

ホールでは、実行委員会が呼んだ若手芸人のトークショウがはじまっているらしい。グラウンドには去年と同じく特設ステージが作られ、午前はゴスペルと合唱、午後には飛び入りありの喉自慢《のどじまん》大会がひらかれる。

立て看板によれば、『ミス&ミスター雪大コンテスト』は明日開催の模様だ。

「小山内くんて、やっぱりミス&ミスターコンに出場するの？」

「するみたいですよ。公式サイトでは一番にエントリーされてました」

「無事、二連覇ですかね」

「だったらめでたいなあ」

「いいおうちへお婿に行けそうだ。引く手あまただろうな」

のんびりとしゃべりながら、左右に並ぶ屋台を眺める。

今年も屋台のほとんどは食品系だった。やきそば、たこ焼き、おこのみ焼きといった定番の粉もの。アメリカンドッグ、フライドポテトなどのホットスナック系。綿飴《わたあめ》やクレープなど甘味の露店。

ここまでは去年と同じだ。しかし今年一番の行列を作っているのは『ラッキーホラー・カレーショウ』の看板を出している屋台であった。

「なにあれ？」

「うちの二年たちだ」泉水が言った。

「味は普通のカレーなんだが、SNS映えを目指すべく、辛さの段階によって色が違う。辛さ十倍はスカイブルーのカレー、二十倍はエメラルドグリーンのカレー、三十倍はライトパープルのカレー、五十倍はレインボウカラーのカレーだ」

「ちょっと訊《き》いていい？」藍が問う。「その五十倍は、常人が耐えられる味なの？」

泉水の答えは簡単だった。「訊くな」

さてそろそろ恒例のラムネでも——と全員が『波模様に氷』の旗で立ちどまったとき、

「あっ、いたいたあ。オカ研のみなさーん」

華やいだ明るい声がした。

森司は首をめぐらせた。お馴染《なじ》みの五十嵐結花《いがらしゆか》と、片貝璃子《かたがいりこ》が手を振っている。ウィッグなのか、結花はドレッドヘアに日本刀、璃子はグレイのショートカットにモデルガンを携えていた。

部長がいち早く言った。

「もしかして、『ウォーキング・デッド』のミショーンとキャロル？」

「正解です！　さっすが部長さん」

結花が手を叩いた。その横に、もうひとり連れがいる。影絵事件で知り合った安西千歳《あんざいちとせ》だ。迷彩柄の戦闘服で、髪を後頭部で丸く結っている。

「安西さんは『ディ・オブ・ザ・デッド』のクロス伍長《ごちょう》かな？　来てくれたんだね」

「はい。片貝さんたちに誘ってもらえたので、厚かましく来ちゃいました。藍さま……いえ、三田村先輩と、是非一緒にまわりたくて」

ぽっと頬を染め、睫毛《まつげ》を伏せる。藍は千歳の意図に気づいているのかいないのか、

「じゃ、適当にぐるっと一周しましょうか。安西さんもいける口だっけ？　ラムネより先に、利き酒大会行っちゃう？」

「おれは一応、後輩のカレーを食うかな。先輩の特権で並ばずとも食えるはずだ」

と泉水。

「あ、ほしたらおれも。朝からなにも食うてへんのです」佐清こと鈴木が同調し、

「カレー食べたら、ロボット相撲大会を観に行こうよ。今年は参加者にも操縦させてくれる企画があるんだって。矢田《やだ》先生の秘蔵っ子こと、宇賀村《うがむら》くんの自信作がいじれる稀《き》少《しょう》なチャンスだよ」

部長が相槌《あいづち》を打ちながら、二方向に散っていく。

彼らの背中を見送って、残された森司とこよみは無言で顔を見合わせた。

——去年と同じ展開だ。

森司はひとりごちた。

しかし去年とは、微妙に事情が違う。なぜって丸一年経っているからして、おれたちの関係性も、丸一年ぶん変わっているわけで。

「み……みんな、いなくなっちゃったな」

はは、と森司は空笑いをした。

「はい」こよみがうつむく。

「二人だけ……だな」

「はい」

眼前ではやはり、かき氷屋台の旗が揺れている。こよみが口ごもりながら、

「思うに、あの……、みなさん、気を遣《つか》ってくださったのでは……」

思わず森司は息を詰まらせ、激しく咳《せ》きこんだ。

「先輩⁉」

大丈夫ですか、と覗《のぞ》きこんでくるこよみに、森司は激しく手を振った。

「あ、いや、大丈夫。だいじょぶなんだけど、なんというか」

いまだかるく咳きこみながら、目をそらす。

「じ、じつはおれも、そう思うんだけど……、灘に言われると、どきっとする」

「えっ」

こよみが固まった。つられて森司もその場に凝固する。

特設ステージから、歓声がわっと上がるのが聞こえた。

「友永詩乃さんの旦那《だんな》さん——いえ、元旦那さんはまだ取調べ中ですが、実刑をまぬがれ

る可能性はまずないそうです」

こよみが静かに言う。

森司とこよみは芝生に広げられた、ジャック・オー・ランタン柄の、巨大なビニールシートに座っていた。ゆうに五十人は座れる広さで、四隅のうち三隅に重石《おもし》が、一隅に農学部の犬が乗っている。

「放火は罪が重いもんなあ」

「詩乃さんがいなくなった鬱憤《うっぷん》を、放火で晴らしていたようです。『女房が全部悪い。あいつがおれから逃げるから、怒らせるから悪い』と供述しているようです。SNSで頻繁に火事の画像を上げるのが不自然で、あやしんだフォロワー何人かが、すでに通報済みだったとか。あの日は警察が泳がせていたから、あんなに迅速に消し止められたみたいですよ」

「なるほど。言われてみれば警官が多かったし、手際もよかったもんな」

森司は嘆息した。

スピーカーからアナウンスが流れる。

『ただいまより、ハロウィンパレードを開始いたします。参加されるかたは、パレードの列にお並びください。繰りかえします。ただいまより、ハロウィンパレードを開始いたします……』

音楽がはじまった。

森司はあぐらをかき、パレードに目をすがめた。

みんな楽しそうだ。物騒な仮装に似合わぬ笑顔で、足どりも軽く通り過ぎていく。

ピンヘッドやゾンビの群れに交じって、『モナリザ』事件の蓮倉《はすくら》と茜音《あかね》がいた。白衣姿の古賀《こが》真軌《まさき》と、弟の透哉《とうや》が歩いていった。

フレディやチャッキーが歩く間を、『覗く眼』事件の村上亜澄《むらかみあずみ》がピーターパンの仮装で行き過ぎ、自殺ホテル事件の沙也香《さやか》と双葉《ふたば》が、モルダーとスカリーの格好で歩いていく。

狼男、フランケンシュタイン、ゾンビの群れ、鬼太郎《きたろう》が音楽に合わせて踊りながら歩く。いつもの白衣姿で内藤珠青《ないとうたまお》が通り、職員の免田《めんだ》と遥香《はるか》が肩を並べて歩き、OBの降矢《ふるや》と初穂《はつほ》が手をつないで進んでいく。

ティンカーベルや白雪姫《しらゆきひめ》といった綺麗《きれい》どころもいるが、はるかにゾンビの数のほうが多い。

貞子《さだこ》。伽椰子《かやこ》。ペニーワイズにドクター・レクター。『バイオハザード』のジル。バットマンとロビン。アナベル人形。ピンヘッド。作り物のチェインソーを持ったレザーフェイス。『ローズマリーの赤ちゃん』のヒロイン。ダミアン。ノスフェラトゥ。

こよみの解説を横で聞きながら、森司は手拍子で彼らを見送る。音楽が鳴り響く中、パレードの列が、背中が遠くなっていく。

「――さて」

森司は伸びをした。

「パレードは明日もあるから、今日は早じまいなんだってさ。屋台はもうちょっとやってるらしいけど、どうする？　灘はどっか行きたいとこあるか？」

「あ、じゃあ」

こよみが首をかしげる。

「部長が監修のお化け屋敷はどうでしょう？　かなりにぎわっていたようで、今年の目玉の一つかも……」

「いや、駄目だ」

森司はさえぎった。こよみにつづきを言わせず、間髪を容《い》れずに言葉を継ぐ。

「駄目だ。だってあそこ——カップルは、入れないんだろ？」

数秒、こよみが黙った。

黒髪から覗く耳朶《みみたぶ》が、じわじわと赤くなっていく。森司は顔筋《がんきん》が緩むのをこらえ、きつく頰の肉を嚙《か》んだ。

「そ、そうでしたね」

こよみが両手を膝《ひざ》に乗せた姿勢でうつむく。

「カップルは、……駄目なんですもんね」

「うん、そうだ」

斜め上方を見据えたまま、森司は答えた。

この角度から顔が下げられない。いまこよみちゃんの顔を見たなら、顔面から火が出て燃え尽きてしまいそうだ。

こっ恥ずかしいことを言っている自覚はある。しかしこの場でこの程度の台詞《せりふ》が言えなくては、恥ずかしいどころか腑《ふ》抜《ぬ》け男で終わってしまう気がする。好きな子に本音も言えず、一生悶々《もんもん》とするばかりの腑抜けにだ。

――ほんとうは、彼女の目を見て言うべきなんだろうけど。

でもまだ無理だ。それはさすがに早いし、無理だ。

――とはいえ、次の台詞は決めてある。

顎《あご》を上げ、不自然に斜め上を眺めながら森司は思った。その視線は、通りの向こうに立つ『杏仁豆腐《あんにんどうふ》』の幟《のぼり》を立てた屋台で止まっていた。

野望のひとつ、〝彼女をいつかアパートに招待し、手料理をふるまう〟の妄想がふたたび頭をもたげている。

――言うぞ。あの屋台までたどり着けたら、絶対に招待するぞ。

森司は拳《こぶし》を握った。

遠くでパレードの音楽が途切れ、同時に口笛と喚声が沸いた。

第三話　片脚だけの恋人

1

枕もとの携帯電話が、緊急地震速報のサイレンをがなりはじめた。

「緊急地震速報です。強い揺れに警戒してください。緊急地震速報です。強い揺れに警戒してください……」

布団を撥《は》ねのけ、北斗《ほくと》は慌てて飛び起きた。

片手に携帯電話を握りしめ、もう片手でテレビのリモコンを握る。NHKを選び、地震速報が出るだろう画面上を注視しながら、脚を踏ん張って身構えた。

実家にいた頃ならば、これほど地震を怖がりはしない。大学にいるときもだ。しかし自宅に――この借家にいる最中は困る。

なにしろ築五十年以上経つボロ家なのだ。ブロック塀はちょっとした衝撃で崩れるし、内壁はぼろぼろ剥《は》がれてくるし、冬ともなれば隙間風どころか、壁と柱の割れ目から雪が吹きこんでくる。

そんな家に住むなと言われそうだが、一階に三部屋プラス納戸、二階に二部屋の一軒家で、家賃二万四千円の魅力には勝てなかった。

北斗の趣味はアウトドア、中でも泊まりがけのキャンプだ。男女問わず人気の高い趣味だが、金がかかるし、おまけに道具がやたらとかさばる。テントに寝袋、椅子にテーブル。グリルやダッチオーブンといった調理器具に、クーラーボックス、ランタン。燃料は多めに買っておきたいし、予備のガスボンベだって安いとき買い溜《だ》めしておきたい。学生向けのワンルームアパートで、おさまる荷物ではなかった。

「おっ」

北斗は腰を落とした。突き上げるような縦揺れののち、家全体が横に揺れはじめる。見えない手が、両側から屋敷を摑《つか》んで揺さぶっているかのようだ。揺れはおさまらない。次第に大きくなっていく。

「こ、これは、まずいか……？」

また塀が崩れてお隣から苦情が来るのか。北斗は覚悟した。瓦《かわら》が落ちたらどうしよう。大家さんは修理してくれるだろうか。こないだ壊れたシャッターだってまだ直してもらっていないのに。家として、さすがに屋根と壁だけは死守したい――。

はたして、神に祈っている間に揺れは止んだ。

テレビ画面に震源地や震度のテロップが表示される。津波の心配なし。震源地は宮城県沖。マグニチュード五・〇。最大震度四。北斗の住む町は震度三であった。

「震度三でこの揺れっぷりかよ。まったく、ボロ家はこれだから」

ぼやきながら、北斗はまず仏間へ向かった。

仏間と言っても仏壇も遺影もない。あるのは山と積んだキャンプ道具とアウトドア用品だけだ。固形燃料の箱を積みなおし、倒れた釣り具を立てかけて、次に水まわりを点検する。

「よし、水洩《みずも》れもガス洩れもないな。——ん？」

座敷の前を過ぎかけて、慌てて戻る。壁の一部が崩れ、床板が割れていた。

あちゃー、と北斗は額を手で叩《たた》いた。座敷は陽当たりが悪く、あまり使っていない部屋である。とはいえ床が割れるのはさすがに痛い。

「まさか、割れ目からシロアリが入ってきたりしないよな……？」

北斗は床に這《は》いつくばって、床の亀裂《きれつ》を覗《のぞ》いた。

「あれ？」

彼は目をすがめた。下になにかある。いや、床板が二層になっているのだ。上の板を剝がしてみると、そこには——。

戸があった。

跳ね上げ式の戸で、おそらく地下へつづいている。

ばあちゃん家《ち》にもこんなのがあったぞ。北斗は思った。だがあれは、ただの食料貯蔵庫だった。こんなふうに隠されていなかったし、南京錠《なんきん》もかかっていなかった。

こりゃやばいかな、と心中でつぶやく。仰々しい錠といい隠しかたといい、〝見ちゃいけない系〟の匂いがぷんぷんする。

北斗は迷った。

しかし結局、好奇心には勝てなかった。

彼は仏間に走り、愛用の大工道具とLEDランタンを携えて戻った。ふたたび床に這い、ランタンで手もとを照らしながら、ハンマーで南京錠を小刻みに叩く。ツルの部分を指でつまみ、引きながら叩くのがこつだ。こうすると叩くごとにツルがずり上がり、鍵《かぎ》がなくとも自然とはずれてしまう。

北斗は跳ね上げ戸を開けた。

黴《かび》くさい臭気が、むっと鼻を突く。

覗きこむと、下へ向かう木製の階段があった。暗くてよく見えないが、地下室につづいているようだ。すくなくとも梅酒のボトルや、杏子《あんず》の砂糖漬けを置くスペースではなさそうである。

北斗はふたたび座敷を出、今度は玄関に走った。不用意に踏み入って、古釘《ふるくぎ》でも踏み抜いてしまったら一大事だ。靴箱からブーツ型の安全靴を出し、座敷へ戻る。

きっちり履いて階段に足をかけた。

LEDランタンを片手に、一段ずつ慎重に下りる。

——思ったほど広くないな。

三メートル四方、といったところだろうか。アメリカ映画で見るような、地下シェルターのたぐいではないらしい。空気は湿っぽく生臭かった。漆喰《しっくい》の壁に、あちこちに薄黒い染みが浮き出ている。

北斗はランタンを掲げた。首をめぐらせ、ぎくりと動きを止める。

足さき三十センチのところに、格子があった。

腕一本出せるかどうかの隙間しかない、細い格子だ。目を凝らすと、格子の一部が出入り口になっているのが見てとれた。四つん這《ば》いになれば、なんとかくぐれるほどの狭い戸口である。

——これは、ただの地下室じゃない。

ランタンを格子に近づけ、北斗は顔をしかめた。

格子で囲われた中には、畳が二枚敷いてあった。腐って悪臭を放っているが、もと畳だったことはわかる。つまりここは、家畜でなく人を住まわせるための場所だったのだ。

牛や馬を飼うのに、畳を敷く馬鹿はいない。

——ということは、これは檻《おり》だ。

人を入れるための檻。座敷牢《ざしきろう》であった。

「やべえ、マジか……」

無意識に北斗は一歩退いた。その拍子に、ランタンが座敷牢の全体を照らしだす。

奥の隅に、なにかがあった。一瞬、人がうずくまっているように見え、北斗の心臓が跳ねあがる。

しかしそれは人ではなかった。

袋だ。布袋ではない。中身がうっすら透けているから、おそらくビニール袋だろう。

北斗はほっとした。

地下の座敷牢、漆喰の壁、腐った畳が並ぶ非現実的な光景の中、ビニール袋はいかにも〝近代の人工物〟に映った。なんというか、身近だし現実だ。自分の頭が、どうかしてしまったのではないらしい。

座敷牢の戸に、靴の爪《つま》さきをかけて引いてみた。錠はないのか、と目で探す。床の隅に、南京錠が転がっているのが見えた。

北斗はかがみこみ、ビニール袋に手を伸ばした。ランタンをかざす。

中身の赤や黒が透けて見えた。異臭はしない。人間の体積でもない。覚悟を決めて端を掴み、引き寄せた。

袋の口は縛られていなかった。逆さにし、中身を床にあける。

北斗はつぶやいた。

「なんだ、これ……」

転げ出たのは、女ものの靴であった。

ハイヒールにサンダル。革の厚底ブーツにローファー。数えると七足あった。ただしどれも片方だけだ。新品ではなく、あきらかに使用済みの靴である。

そういう趣味の人だったのかな、と北斗は思った。

世に脚フェチの男はめずらしくない。盗品か購入した中古かは知らないが、家族に隠れてその手の趣味をたしなむため、戦利品をここへ隠しておいたのだろう。片方だけなのは妙だが、まあ人の嗜好《しこう》はさまざまだ。

──なんか、一気に怖くなくなったな。

むろん座敷牢そのものは不気味だ。しかし靴フェチのおっさんが、夜ごとここで楽しんでいたと思えば怖さは半減する。

靴を入れた袋を抱え、北斗は階段を戻った。

大家から「前の契約者は家族で住んでいた」と聞いたことがある。となると靴フェチは父親か。引っ越しのどさくさで処分しそびれたのか。

ならばここは、黙っておれが捨ててやるべきだろう。大家に報告して、わざわざ彼の恥をさらす必要はない。男同士、武士の情けというやつだ。

「ええと、靴って燃えるゴミだっけ……。金具をはずして捨てりゃいいか」

ひとりごちながら、袋を框《かまち》に置く。

時刻は朝の七時十分前だ。地震のせいで半端な時間に起きてしまったが、ゴミ出しにはちょうどいい。

「講義は午後からだもんな。ゴミ出ししたら、もう一回寝よっと」

可燃ゴミを取りまとめるべく、彼は台所に入った。

その夜は雨がひどかった。

日暮れ後から降りだした雨が、夜半になってさらに強さを増している。強く降っては小降りになり、また強く降ってを繰りかえす。

さみいさみい、と北斗は肩をすくめて、寝室兼居間に駆けこんだ。

もう十月の後半だ。日中はあたたかくても、夜半に雨となるとぐっと冷えこむ。冷たいお茶からホットコーヒーに切り替え、掛け布団を一枚増やす季節である。

北斗はテレビの前に座った。

最近の楽しみは衛星で再放送の『必殺仕事人《ひっさつしごとにん》』だ。フィルム撮りの時代劇は、やはり画面に味があっていい。映りが鮮明であればいいというものではないのだ。

オープニングが終わったところで、茶でも飲もうと急須《きゅうす》に手を伸ばす。

ふと、彼は動きを止めた。

振りかえる。むろん、誰もいない。

――なんだろう、いまの。

北斗は首をかしげた。

前傾姿勢になった途端、うなじに視線を感じた気がしたのだ。だからつい振りむいてしまった。家内に自分ひとりとわかっているのに、だ。

あらためて急須を取ろうとして、彼は驚いた。

己の手が、小刻みに震えていたからだ。思わず両腕を持ちあげ、掌を見る。

両の手がわななないていた。掌がいつになく白い。血の気を失っている。手首の静脈が、異様に青かった。

「い、……いまごろビビってんのかな、おれ……」

朝に目にした光景に、いまになって体が怯《おび》えているのだろうか。

そう思いたかった。だが心の底で「違う」と声がした。

違う。朝ではない。だっていまこうしている間にも、突き刺さるような気配を、背後から感じる。

まぎれもなく、それは視線であった。

誰かが後ろにいる。開けはなした襖《ふすま》の陰に身をひそめ、彼を無言で凝視している――。

「まさか」北斗はわざと声を出した。

「まさか、そんなわけねえじゃん。……馬鹿だな、おれ。なにビクついてんだよ。はは、ないない。幽霊とかお化けとか、理系のくせして非科学的な」

空笑いを響かせながら、北斗は目をつぶった。

つぶったまま、いま一度、ゆっくりと振りかえる。おそるおそる、まぶたをひらく。

誰もいなかった。

北斗はほうっと大きな息を吐いた。安堵《あんど》で力が抜ける。と同時に笑いがこみあげた。

「はは、だよなあ。……ほんと今日のおれ、どうかしてるわ。あー、あれだ、疲れてんだな。よし、一杯飲もう。飲んで忘れちまおう」

声を張りあげながら、腰を浮かした。

彼は冷蔵庫から度数九パーセントの缶チューハイを一本抜き、立ったまま呷《あお》った。一気に半分ほど飲んでしまう。

いつもは一本でやめるが、今日は特別に二本飲もうと思った。さほど酒には強くない。二本飲めば、泥のように眠れるはずであった。

テレビでは『必殺仕事人』の中村主水《なかむらもんど》が、義母《はは》にやりこめられて肩を縮めるシーンが映しだされていた。


ふと、北斗は目を覚ました。

視界の中心に蛍光灯がある。皓々《こうこう》と灯《とも》る蛍光灯を、笠《かさ》ごと真下から眺めているのだ。同時に、自分が掛け布団の上で大の字に眠っていたのだと気づいた。

テレビはいつの間にか消えていた。どうやって消したかも覚えていない。酔って寝落ちしたらしく、時代劇のラストシーンも思いだせなかった。

壁掛けの時計を見上げる。午前二時半。

――なんでこんな、半端な時間に起きたんだろ。

目を擦《こす》りながら北斗は訝《いぶか》しんだ。

彼は眠りが深い。とくに酒で寝落ちしたときは、いつも朝までぐっすりのはずだ。目覚めたら午後だった、というのも一度や二度ではない。

なのに、なぜ。

びく、と北斗の肩がちいさく跳ねた。

窓の外では雨が降りつづいている。どしゃ降りだと、音だけでわかる。ガラス越しにも轟音《ごうおん》が響いてくる。

そうだ、と北斗は思った。そうだ、ひどい雨じゃないか。このボロ家は隙間風がひどい。防音も期待できない。寒さ。風。湿気。音。すべてダイレクトに伝わってくる。だから家内の音が、こんなにはっきり聞こえるはずはない。

——ましてや家の中を歩きまわり、階段をのぼり下りする足音が。

北斗は混乱した。

なぜだ、と疑問が頭を塗りつぶす。

この家の中を、誰かが？　おれしかいないはずなのに？

よしんば侵入者がいたとしても、普通なら足音や床の軋《きし》みなど、この豪雨の音にかき消される。

なのにこの足音は、なぜこんなにも響くのだろう。

——まるで、おれの脳内で鳴ってでもいるみたいに。

うなじがちりついた。視線を感じる。背後から、誰かが視ている。

しかし足音はやまない。ひっきりなしに歩きつづけている。歩き、這《は》い、覗《のぞ》き、なにかを探している。

北斗は手で口を覆った。

叫びたかった。しかし悲鳴は、胸骨のあたりで硬く凝《こご》っていた。

雨が激しい。やむ様子はない。足音が、片脚を引きずっているのがわかった。萎《な》えた足の甲が、床に擦れる音がする。重い荷物のように、ずるり、ずるりと。

――ない。

声がした。

――ない……ない、ない……どこ、だ。どこだ、ない……ない、ない……。

耳で聞いているのか脳で聞いているのか、もはや自分でもわからなかった。

膝《ひざ》を抱え、北斗はまるくなった。

足音が大きさを増している。違う。重なっているんだ。複数だ。何人もの足音。探している。探しまわっている。いまや雨の轟音を、ささやき声と足音が凌駕《りょうが》している。

北斗は手で両耳をふさぎ、顔を伏せた。

その耳朶《じだ》に、吐息まじりの声が響く。

――どこ？

氷のような吐息だった。彼の口から、ようやく悲鳴がほとばしった。

悲鳴はいつ果てるともなく長くつづき、夜の闇を揺らした。

2

「はじめまして。工学部二年の川俣北斗《かわまたほくと》と言います。本日は、OBの降矢さんから紹介されて来ました……」

そう自己紹介した男子学生の表情は、森司の目にも〝げっそり〟としか形容しようがなかった。

よく日焼けしており、引き締まった体軀《たいく》だ。理系にありがちな青白きインテリタイプでなく、野山を駆けめぐる健康優良児に見えた。しかしいまは駆ける元気もなさそうで、ひたすらに萎《しお》れている。

「降矢くん、留学先から帰国中なんだね。あ、そういえば学祭にも顔出してたっけ」

部長が秋限定だという葡萄《ぶどう》のタルトを、優雅に切り分けつつ言った。

休日の部室には部員全員と、OGの藍までもが揃っている。藍がケーキ用のフォークを差しだして、

「で、川俣くんは、いまもその借家に住んでるの？」

「はあ。怖くてここ数日は友人の家を泊まり歩いてましたが、さすがに泊めてくれる先がなくなりまして。しかたなく昨日から、借家に帰ってます。でもやっぱり足音がやまないんで、家を出て、朝までコンビニをはしごしてました……」

北斗は睡眠不足の目をしょぼしょぼさせた。

「あのう、これってやっぱり座敷牢《ざしきろう》の祟《たた》りなんでしょうか？　おれが不用意にあそこを暴いてしまったから。おれ、とり殺されたりとかするんでしょうか？」

「どうだろう。泉水ちゃん、八神くん、ご意見は？」

「はっきり言っていいのか」

泉水がしかつめらしく応《こた》える。

北斗の顔いろが変わった。「お、お手やわらかにお願いします」

「うん……。憑《つ》いてることは、憑いてます」

森司は目をすがめながら言った。

「ごちゃごちゃしててわかりにくいですが、好意的でないのは確かです。でも怒りや恨みというか、うーん、やっぱり〝探す〟目的のほうが優先かな」

「座敷牢どうこうより、問題は捨てた靴のほうだろうな」と泉水。

部長がケーキ皿を脇へどけて、

「でも、とっくにゴミ収集車に引きとられちゃったよね。川俣くん、どんな靴だったか正確に覚えてる？」

「あ、捨てる前に一応携帯で撮りました。話のネタになるかと思って」

北斗は携帯電話を取りだした。部長に「ぼくのパソコンのアドレスに送って」と、言われるがままに送信する。

約一分後、部長のノートパソコンのモニタに、くだんの画像データが表示された。

森司は部長の背後にまわり、液晶画面に首を伸ばした。

市指定のゴミ袋がひろげられ、その上に女ものの靴が並べてある。どれも片方だけだ。左から順に赤いハイヒール。黒いエナメルのパンプス。同じく黒の、合成皮革のパンプス。リーガルのローファー。革製の厚底ブーツ。ストラップ付きのミュール。くたびれたモカシン。

「ずいぶん古いデザインね」藍が言った。

「こういう極端な厚底ブーツって、二十年以上前のトレンドでしょ？　こっちのじゃらじゃら派手なハイヒールなんて、下手するとバブル期の流行じゃないの」

「右端のモカシンが一番古いかな。スウェードだからしょうがないとはいえ、経年劣化でぼろぼろだ」と部長。

森司は眉根《まゆね》を寄せた。

「両脚とも揃ってる靴が一足もないですね。なんで片方だけなんだろう」

「見たところ、どれも左脚用っぽいわね。霊障の足音も片脚を引きずってたんだっけ？」

藍が問うと、北斗はうなずいた。

「はい。どっちの脚かまではわかりませんが」

彼は浅黒い顔を引き攣《つ》らせていた。部長がモニタに目を据えたまま、

「いろいろ興味深いけど、まずは当時の住人について大家さんに訊《き》くべきだろうね。それに、どこの誰が建てた家なのかも知りたい。地下室——建設当時は穴蔵といったはずだが——は、日本庶民の文化としちゃ珍しいよ。はたしてその座敷牢は、どういった用途で使われていたんだろう」

と首をひねった。

大家は四十代後半の、ゴルフ焼けした快活な男であった。

「お忙しいところすみません。こちらの川俣くんのご紹介でお邪魔いたします。『近代家族社会学』のレポートのため、築五十年を超えた家屋の背景と内情について、おうかがいしたいんですが」

との黒沼部長の申し出に、彼は疑う様子もなく応じてくれた。

「かまわないが、わたしは五年前に親父から大家業を継いだばかりなんだ。家の背景といっても、詳しく語れる自信はないなあ」

「ほう。先代のお父上は、いまどちらに？」

「実家の山梨に引っこんで、晴耕雨読の暮らしを楽しんでるよ。親父たちはいわゆる逃げ切り世代だからな、優雅でうらやましい限りさ」

「まったくですね。ぼくらなんて、老後はどんな時代になってるんだか」

お追従のように部長は微笑んで、

「ではさっそく質問に入らせていただきます。ええと、いま川俣くんがお借りしている家は、いつどなたが建てたものかご存じですか？」

「もとは大叔父《おおおじ》、つまり祖父の弟の家だったそうだ。建ったのは昭和三十年代だったと思う。確か、ベルリンの壁ができた前後だと聞いたな」

「では昭和三十五、六年ですね。借家になったのはいつ頃でしょう」

「大叔父が亡くなった翌年からだから、その十年後くらいか。大叔父は独り身だったから、甥《おい》である親父が家を相続したんだ」

「改築しましたよね？」

「そりゃあもちろん。借家にする前にリフォームするのは当然——いや、それ以前の問題か。改築しなけりゃ、とうてい他人様《ひとさま》に貸し出せる家じゃなかったらしい」

「どういう意味です？」

怪訝《けげん》な顔をする部長に、大家はにやりとして逆に問うた。

「二笑亭《にしょうてい》って知ってるかい？」

「ええ、一応」

部長はひかえめに認めた。常の彼ならばここで長ながと薀蓄《うんちく》を語る場面であるが、

「昭和初年に、東京は深川《ふかがわ》の地主が建てた奇妙な邸宅ですよね。精神科医の式場隆三郎《しきばりゅうざぶろう》が書いた『二笑亭綺譚《きたん》』を読みました」

と言うにとどめたのは、大家に花を持たせるためだろう。

予想どおりに大家は破顔し、

「さすが現役大学生。打てば響くようで嬉《うれ》しいねえ。そうそう、二笑亭といえば深川の地主、渡辺金蔵《わたなべきんぞう》が建てさせた邸宅のことだ。屋根を越えて空に延びた〝どこへも行けない梯子〟や、傾いていたり奥行きがない〝何も置けない棚〟。ガラスを嵌《は》めた、覗《のぞ》き穴のような窓を並べた壁。はたまた浴室に和式と洋式の風呂《ふろ》を並べた〝和洋合体風呂〟など、奇怪きわまりない造りの家だったという。残念ながら現存せず、主人が脳病院に入院させられた二年後に、取り壊されてしまった」

「その二笑亭に似ていたんですか？　もとの借家は」

森司は口を挟んだ。

大家が彼を見やる。

「二笑亭より、かなりスケールはちいさいがね。壁に戸板を張り付けただけの〝開かずの戸〟を作ったり、真ん中だけ畳のない部屋を造ったりさ。風呂場なんか柱だけ立てて壁を作らず、外から丸見えだったらしい。とはいえ大叔父は、本家の渡辺金蔵とは違う。若い頃は芸術家志望だったようでね。狂気の創造性に憧《あこが》れて変人のふりをした、ただの俗物さ」

辛辣《しんらつ》だった。部長が微笑を崩さず問う。

「ではあの家に、地下室があるのをご存じでした？」

「見つけたのか」大家は苦笑して、

「わたしは入ったことも見たこともないよ。でも親父が『入り口をふさいだ』と言っていたのは覚えている。中になにがあるか知らないが、こけおどしさね。大叔父はさっきも言ったように、変人に憧れる凡人だった」

と言った。

——だが、封鎖したはずの入り口を暴いた誰かがいる。

森司は思った。

川俣北斗が見つけた靴は、一九八〇年代から九〇年代にかけての流行デザインだった。先代の大家が「ふさいだ」だろう時期と、年代が合わない。

「川俣くんの前に住んでいた店子《たなこ》さんは、ご家族だったそうですね。家の歴史と絡めて、何人家族で何年住んでいたかをレポートの材料にしたいんですが」

「話すのはいいが、ちゃんと仮名かイニシャル表記にしてくれよ？　昨今は個人情報がどうとか、いろいろうるさいんだから」

と大家は前置きして、

「去年まで住んでいたのは佐々田《ささだ》さんという一家だよ。借主夫婦に、息子ひとり娘ひとりの四人家族だった。引っ越してきたとき二歳だった娘が、出ていくときは成人だったから、十八年住んでたことになるな」

「なぜ転居されたんです？」

「息子も娘も独り暮らしするって言うんで、もっと手狭な家に越したいって言ってたよ。

でもまあ、体《てい》のいい言いわけだろう。なにしろあそこは、家賃の安さだけが取り柄のボロ家だ。子供の学費を払う心配がなくなりゃ、もっとマシな家に住みたくなるのが人情さな」

「では、佐々田さんがトラブルを起こしての転居ではないんですね」

「トラブル？　いわゆる騒音だの悪臭ってやつかい。いやあ、佐々田さんはちゃんとしたご家族だったよ。ゴミ出しのマナーは守ってたし、町内会のお勤めもやってくれた。一回だけ、息子さんが高校生の頃に『音楽を聴くときは窓を閉めろ』って苦情が入ったかな。でも佐々田さんから謝罪があって、その後は窓をきちんと閉めるようになったんで、それっきりだ」

「高校生ならよくあることですね。ご主人はどんなかたでした？」

「どんなって、べつに普通の人さ。食品加工会社で経理をやってるとか言ってたな。奥さんは工場でパートをしてた。子供二人を大学まで行かせるため、家賃を切りつめていたらしい。子供たちもそれを察してか、仲のいい家族だったよ」

この家族は問題なさそうだな、と森司はひとりごちた。

いや、そもそも佐々田家は十九年前に引っ越してきたのだから、最初から疑惑の半分以上は晴れている。

ここまでは前置きに過ぎない。ほんとうに大家から聞きだしたいのは、靴のトレンドに即した、その前の住人についてだ。

部長が声の調子を変えずに問う。

「では佐々田さんの前は、なんという店子さんがお住まいでしたか?」

「その前は、釘沢《くぎさわ》さんだ。ご夫婦と息子さんの三人家族だったな。もっとも息子さんが関東《かんとう》に進学した後は、夫婦二人だけで住んでたようだが」

大家は顎《あご》を撫《な》でて言った。

「わたしが物心ついたときは、すでに釘沢さん一家が入居していたね。二十年以上住んでくれたんじゃないかなあ。そうそう、確か長野オリンピックの年に解約したんだ。と言っても、借主本人の意向じゃなかったが」

「と言いますと?」

「契約者である旦那《だんな》さんが、病院で亡くなったのさ。急性心不全だか脳溢血《のういっけつ》だか忘れたが、突然死だったのは間違いない。コンビニで突然ぶっ倒れて、搬送先の病院で息をひきとったんだ」

大家はかぶりを振って、

「釘沢さんはその前年に、奥さんを肺炎で亡くしていた。男やもめは寿命が縮まるって言うけどほんとだね。女房に先立たれた男ってのは、悲しいもんだよ」

「では事後処理や喪主は、残された息子さんが?」

「いや、家族葬だったから喪主はわからない。でも賃貸の解約に来たのは、旦那さんの兄貴だったな。淡々と処理していったよ。そもそも釘沢さんの息子なんて、葬儀に顔を見せたかどうかもあやしい。すくなくとも、わたしゃあ顔を見ていないね」

「不仲だったんですか。ご夫婦と息子さんは」

口を出したのは泉水だった。

大家は渋面になって、

「まあ、よくはなかったようだ。と言っても、いつ仲たがいしたのかまでは知らないよ。気がついたらぎすぎすしていた、としか言いようがない。わたしの予想じゃ均《ひとし》さんが二浪したのがまずかったかな。ともかく彼が関東の大学に行ってからは、帰省することもなかったみたいだ」

と言った。どうやら息子の名は釘沢均というらしい。

彼が靴を集めたのだろうか、と森司はいぶかった。盗んだのか、買ったのか、それとも奪ったのか。

買った、という線はあり得ないように思えた。

なぜって川俣北斗の体にまとわりつく、あの粘いべったりした執着――。捨てられた靴への、妄念と固執ぶりはあきらかに普通ではなかった。

けして金銭で購《あがな》ったものではない、特殊で特別な情を感じた。そう、まるで。

――まるで、恋してでもいるかのような。

「え？　釘沢家がレポートのモデルにちょうどいい？　へえ、そんなもんかねえ」

森司の夢想を壊したのは、大家の素《す》っ頓狂《とんきょう》な声だった。

大家は腕組みして唸《うな》り、

「うーん、協力してやりたいのはやまやまだが、なにしろ釘沢さんが店子だった頃、わたしは大家じゃなかったからなあ。……ああそうだ、ご近所の峰《みね》さんなんてどうだろう。確か峰さんは釘沢さんと、奥さん同士仲がよかったはずだ」

3

大家の紹介で訪れた峰家は、例の借家とは大違いのモダンな邸宅であった。

庭はなく、一階の大部分が車庫。ストーブ用だろう薪《まき》が、シンプルでモノトーンな家屋の脇に積まれている。車庫に並ぶ車はシエンタにセレナと、もろに若いファミリー向けだ。

「娘夫婦と同居することになりまして、急遽《きゅうきょ》リフォームしたんです」

峰家の細君の声は、あきらかに自慢で弾んでいた。

「あ、釘沢さんのお話でしたよね。ええ、わたしが嫁いできたとき、一番早くに仲よくしてくださったのがあちらの奥さんなんです。下の名前？　真由美《まゆみ》さんですよ。釘沢真由美さん。旦那さんは康平――いえ、康作《こうさく》さんだったわ。それと息子の均くん」

「親しくご近所付き合いなさっていたんですね。釘沢家のみなさん、それぞれの印象をうかがってもいいですか」

レポートに必要なので、と黒沼部長が律儀に付けくわえる。

しかし峰は耳にも入っていないふうで、

「わたしはね、二十六歳でこの町に嫁いだんですよ。やだわ、もう四十年も経つのねえ。正確には三十九年か。真由美さんはわたしより九つ年上でしたけど、気さくな人でね。すぐ仲よくなったんです。このへんの田舎だと、地元民は地元民同士で固まっちゃうでしょう。でもわたしと真由美さんはほら、よそから嫁いできた者だから。ええ、真由美さんは当時にしちゃ晩婚でね、わたしが来る三年前に嫁に来たって言ってました」

二十六歳の九歳上で、三年前に嫁に……ということは三十二歳で結婚か、と森司は脳内で計算した。

「夫の康作さんは、真由美さんより年上ですよね？　彼は地元の方だったんですか」

部長が尋ねる。

峰は考えこみながら答えた。

「旦那さんは真由美さんより、五つか六つ上だったと思うわ。県内の生まれだけど、仕事でこっちに越してきたって言ってました。あ、言っときますけど、当時はあの借家ももっと見栄えがよかったんですよ。真由美さんが、庭をきれいに手入れしていてね。ご近所さんが『真由美さんが来てから、庭が段違いによくなった』と言ってましたもの。『やっぱり男所帯だと駄目だ』って」

この年代の女性らしく、話がいきなり飛ぶ。

しかし部長は面食らった様子もなく、

「男所帯ということは、真由美さんが嫁いでくる前は、康作さんだけで借家に住んでいたんですか」と訊《き》いた。

「え？　あーいえいえ、その頃はおじいちゃんがいたんですよ。均くんの祖父で、旦那さんのお父さん。体の具合がよくないみたいで、滅多に見かけませんでしたけど」

「康作さんは、どんなお仕事をなさってたんでしょう」

「繊維加工会社でバイヤーをしてたって聞いたわ。仕入れとか、買い付けっていうの？　出張の多い仕事だったみたいよ。『もうちょっと家にいてほしい』って、いつも真由美さんが愚痴ってたもの」

「ほう。ところで当時、ご近所で靴が盗まれる事件なんてありませんでした？」

「はい？」

　峰がきょとんとする。部長は「なんでもありません」と打ち消して、

「息子の均さんは進学されるまで、あの家に住んでいらしたんですよね？　二浪ということは、二十歳か二十一歳で家を出たわけだ。お母さん似の気さくな青年でしたか？」

「まさかぁ」

　峰は奇妙な抑揚をつけ、大げさに手を振った。

「子供の頃はまあまあ明るかったけど、いつの間にかしんねりむっつりした暗い子になっちゃってね。浪人時代なんて、ほとんど外にも出てこなかったわ。いまで言う引きこ

もり？　みたいな感じ」

「どちらの大学に合格したのかは、ご存じですか？」

「大学名は……聞いたけど忘れちゃった。だって早稲田《わせだ》とか法政《ほうせい》とか、そんな有名な大学じゃなかったんだもの。とにかく関東のどこかにある大学よ、私立だったはず。卒業？　さあ、したんじゃない？　たぶん向こうで就職したんでしょう。こっちに帰ってないことだけは確かよ」

峰に礼を言って別れ、一行は北斗の先導で借家に向かった。

「……中に入るまでもないな」

ブロック塀を挟んだ敷地の外で、泉水が言う。森司は彼を見上げて、

「これ、複数ですかね？」と訊いた。

なにかが家の中で、ごちゃごちゃととぐろを巻いている。床に、階段に、居間に、台所にいる。あきらかに、たちのよくないなにかだ。

泉水が目を細めて、

「いや、ひとりだ……と思う。あちこちにいるが、考えてることた全員同じだ」

「女の脚について、ですな。靴と脚」

鈴木は顔をしかめていた。気分が悪そうだ。

藍が首をかしげて言う。

「さて、あの片方だけの靴を蒐集《しゅうしゅう》してたのは誰なのかしらね。釘沢家には三人の男がいた。お祖父《じい》ちゃん、旦那《だんな》さん、息子さん」

「お祖父さんは具合がよくなかったらしいので、除外してよさそうですね」と、こよみ。

「年頃からして息子と考えるのが無難だが、まあ旦那も――」

泉水が言いかけて、

「どうした、本家」

と黒沼部長を振りむく。

部長はなぜか家ではなく、あらぬほうを向いて棒立ちになっていた。いや、正確に言えばあらぬ方向ではない。彼は口をなかば開け、一本の電柱を見つめていた。

「ぼくとしたことが」

部長は呻《うめ》き、電柱に貼られた街区表示板を指さした。

濃緑の地に『南区清水町三丁目七番』の文字が白抜きで浮いている。

「この住所で、女性の脚。片方だけの靴――。『外河線沿線連続殺人事件《とがわせんえんせん》』だ。いや正確に言えば、『外河線沿線事件・模倣事件』か」

「待て、落ち着け」

めずらしく顔を紅潮させる黒沼部長を、泉水が冷静に制した。

「いきなりまくしたてられてもわからん。順を追って説明しろ」

「ああうん、そうだね。ひとりで先走っちゃってごめん」

部長は数回深呼吸をして、

「では、あらためて説明するね。『外河線沿線連続殺人事件』は一九九〇年から一九九三年にかけて、北関東で起こった連続殺人事件だよ。外河線は、茨城から栃木に至るJRの鉄道路線だ。その路線に沿うようにして連続した殺人事件なため、この名称が付けられた。俗称がふたつあって、ひとつは『外河線事件』。もうひとつは『四人のユキ事件』」

と一同を見まわした。

「なぜかというと、被害者女性の名前が全員〝ユキ〟だったんだ。いますぐに全員のフルネームは思いだせないが、由紀、有輝、夕貴といったふうに、漢字は違えどみなユキさんだった。

被害者は四人で、全員が二十代から三十代の女性。女性がいる前でごめんだけど、いずれも暴行され絞殺されていた。ただし残留体液ありの時と、なしの時があったらしい。被害者の共通点は性別と年頃と名前。そして必ず片方だけ、履いていた靴を持ち去られていた」

「その事件の犯人は、どうなったの?」

藍が問う。部長は答えた。

「迷宮入りだよ。つまり犯人は捕まっていない。近隣に住む性犯罪者などがリストアップされたが、どれも犯人に該当しなかった」

「でも、北関東で起こった事件なんでしょう？」

おずおずと訊いたのは北斗だった。部長は彼を見て、

「一九九三年まではね。でもさっき『模倣事件』と言ったように、一九九四年から九五年の初春にかけて、わが県内でも外河線事件に類似の事件が連発したんだ。そのうちの一件は、この南区清水町三丁目七番で起きている」

と言った。

「さいわいなことに県内で死者は出ていない。外河線事件の犯人が移住してきたのでは、と疑われたが、手口がいまひとつ甘く、熟練した様子がないことから、模倣犯の仕業だとされた。

被害者は二人だ。ひとり目は深夜、残業しての帰りに襲われた。殴られて暴行され、重傷を負ったものの命に別状はなかった。犯行中は失神していて、体液の残留はなし。二人目は学生で、同じく深夜に襲撃された。こちらは軽傷で暴行もまぬがれたが、やはり犯人の顔は見ていない。ただしひとり目と同様、左の靴を奪われている」

「犯人は？」

「こちらも捕まっていない。本家本元と同様、迷宮入りだ」

「北関東で四人。こっちで二人――」

森司はつぶやいた。

「では被害者から奪われた靴は、合わせて六足ですね」

だが川俣北斗が住む借家には、七足の靴が残されていた。

「要するに、外河線事件の犯人があの家で……ってこと?」と藍。

「釘沢さんのご主人か、息子か、それとも地下室を見つけたほかの誰かが、あそこに靴を隠した。それが、一連の事件の真犯人?」

「けど、靴の数が合いません」と鈴木。

「一足余りますよって、警察すら把握してへん被害者がもうひとりおる、いうことになります」

「割りこんですみません」こよみが手を挙げた。

「いまネットで『外河線沿線連続殺人事件』を検索してみました。被害者の実名を載せている、迷宮入り事件考察サイトがあります。北関東での四件のみですが、順に塚原由《つかはらゆ》紀《き》さん、会社員。塩田有輝《しおだゆき》さん、大学院生。兼平優希《かねひらゆき》さん、理学療法士。捧夕貴《ささげゆき》さん、専門学生。兼平さんが一番年上で三十二歳、年下は捧さんで二十一歳でした。それぞれ知人ではなく、接点は皆無だそうです」

「うちの県内で起こった事件については、ぼくが調べとくよ」

部長が唸《うな》るように言う。

「外河線事件かぁ。もっと早く思いだせればよかったのに、オカルトのほうに気をとられちゃったな。失敗した。活動時期は一九九〇年から一九九五年。犯行は、健康な男子なら十五歳くらいから可能か……」

部長がぶつぶつと独り言をつぶやきだす。

森司はふと、北斗の様子に気づいた。彼はオカ研一同の輪からいつの間にかはずれて、ぼうっと借家を眺めていた。

口をすこし開け、頬を弛緩《しかん》させている。放心しているかのような顔つきだ。

その唇から、低い声が漏れた。

「……キちゃん」

「え？」森司は聞きとがめた。

北斗がびくりと肩を跳ねあげ、森司を振りかえる。

まともに目が合った。だが北斗の双眸《そうぼう》には、純粋な驚きと戸惑いが浮いていた。

「あれ、……いまおれ、なにか言いました？」

さあ、としか森司は答えられなかった。

4

森司の部屋はその夜、食欲をかりたてる濃厚でスパイシーな香りに満ちていた。

カレーである。

独り暮らしの若い男として、やはり一度は大鍋《おおなべ》いっぱいにカレーを煮込んでたらふく食べてみたかった。だが炊飯器がなく米が高いという理由で、いままでその願望はかなえられなかった。カレーが食べたくなったら学食か、もしくはファミレスか蕎麦屋《そばや》に行くしかなかった。

しかしなんと、今月は泉水から新米のおすそわけがあったのだ。

「余りなもんで、半端で悪いな」

などと言われたが、悪いわけがない。しかも測ってみたら八キロあった。今年収穫し精米したばかりの米が、八キロも無料で手に入ったのである。

さっそく森司はその日のうちに、新米を土鍋《どなべ》で炊いた。

炊きたての米はつやつやと光り、水分を含んでふっくらと立ちあがっていた。古米とは、香りが違う。炊きあがりのたたずまいからして違う。

森司はまず一杯目を明太子《めんたいこ》で、二杯目を紫蘇《しそ》の実の塩漬けでたいらげた。特売の明太子とは思えぬ美味《うま》さだった。

あまりの美味さにもう一杯いける気がしたので、三杯目は卵かけ御飯でいただいた。それも贅沢《ぜいたく》に黄身だけかけたやつを、である。ちなみに余った白身はちゃんととっておいて、翌朝のわかめスープに投入し、かき玉にした。

そして今日がついに、待望のカレーだ。

「出来あがってしまった。……やばい、美味そうすぎる」

森司は鍋を見下ろし、つばを飲みこんだ。

アパート内のハイエナが寄ってこぬよう換気扇を止め、半日をかけてじっくりと煮込んだカレーであった。

カレーを作るのは、むろんはじめてではない。しかし実家暮らしのときは、百パーセント自分好みのカレーを作ることは許されなかった。家族の意見を容《い》れ、必ず芋と人参《にんじん》入りで、牛の角切り肉を使った中辛だった。

だが今回使用したのは、豚肉と玉葱《たまねぎ》のみだ。カレー用の角切り肉では、いつも物足りないと思っていたのだ。そこでカナダ産豚腿《もも》のブロック肉三百グラムを奮発し、自宅で好みの大きさに切り分けた。

さらに玉葱二個を薄切りに、二個を櫛《くし》切りにする。べつだん飴《あめ》いろに炒《いた》めるような小技は使わず、肉と炒めあわせ、市販の辛口カレールウ二種に、隠し味は大蒜《にんにく》とウスターソース。そして玉葱が半分以上溶けるまで煮込む。

あとは米が炊きあがったら深めのカレー皿に山盛りによそい、薬味に福神漬けを添え、かねて用意の氷水とともにいただくだけだ。

ひとくち食べて、森司は天を仰いだ。

完璧《かんぺき》に自分好みのカレーであった。繊維を残しつつも柔らかく煮えた豚肉がごろごろ入り、玉葱がクリーミーにとろけ、がつんと辛いこってりしたカレーだ。

ダイエットだのヘルシー志向だのといった御託は、肉と炭水化物の前では色を失う。脂。肉。スパイスの辛み。おまけにこの、炊きたてつやつやの新米。

学食のカレーも蕎麦屋のぼってりした黄いろいカレーも好きだが、やはり男たるもの一度は、完全に自分テイストのカレーを作って食い倒さねばなるまい。二日目の練れた味のカレー。三日目の、具が溶けきった一見具なしカレー、そして四日目はカレーうどんやカレーピラフなどのアレンジカレーにと、完膚なきまでに堪能《たんのう》するのが男子大学生の作法というものだ。

デザートは杏仁豆腐《あんにんどうふ》であった。

「うん、これも上出来」

舌に滑る感触を楽しみつつ、森司はうなずいた。

市販の杏仁粉と牛乳を使い、ネットで検索したレシピどおりに作っただけだ。しかし予想以上にいい出来である。「ぷるんぷるん」とか「ぷるっぷる」といった、擬音そのままの食感だ。

じつを言えば今日は、味見役に鈴木を招待しようと思っていたのだ。

無事こよみを「いつか、うちで夕飯に」と誘えたはいいが、まだメニューの組み立てができていない。女の子をはじめて部屋に呼ぶのに、いきなりカレーでは野暮だ。まずはデザートから練習し、鈴木に毒見かつ意見を――と思っていたのだが。

あにはからんや、医歯学部キャンパスから出張してきたらしい小山内陣に、なぜか二人とも捕まってしまった。

「おう。ミスター雪大二連覇おめでとう」

と挨拶《あいさつ》した森司に、小山内は「どうも」と暗い眼で応じて、

「……お見合い話が八件来ました、どなたも良家の子女ばかりです」

と声を落とした。

「よかったな」

「全然よくないですよ、お見合いなんて——。八神さん、おれの顔、どう思います」

そう言うなり、小山内は森司の鼻さき三センチまで顔を近づけてきた。

美男子である。いわゆる甘いマスクというやつだ。

泉水が苦みばしった美男の〝苦み〟の極北だとしたら、小山内は〝甘さ〟に針を振りきった美貌《びぼう》と言える。

「灘さんは、おれのどこが気に入らないんでしょう」

そんなのおれが聞きたい、と森司は思った。

いま現在の彼の手ごたえによると、灘こよみはどうやら男の容姿に重きを置いていないらしい。家柄、財力、腕力、知性などにもだ。基準がよくわからない。

家柄と知性重視ならば黒沼部長を選ぶだろうし、漢気《おとこぎ》と美貌と腕力なら泉水がいる。さらに小山内は、家柄と財力と将来性と美貌とを兼ね備える完璧ぶりだ。だがこよみは小山内に、なぜか元同級生という以上の興味を示さない。

「まあまあ。そない気を落とさず」

背後から鈴木が、小山内の肩を叩《たた》いた。

「悩みがあるときは、酒でも飲んで夜どおし語りましょう。おれが付きあいますわ。愚痴は酒と相性がいい。酒に限ります」

と言って小山内の背を押しながら、森司に片目をつぶってみせる。

森司はうなずき、こっそりと鈴木を拝んだ。

小山内がおとなしく、鈴木に押されるがままに退散していく。持つべきものは、勘がよく機転のきく後輩だ。あとでなにか奢《おご》らねばなるまい。

しかし持たざるべきは口うるさい先輩で、さっそく堺《さかい》に、

「見たぞ八神。おまえ今日、後輩の美少年といやらしくウィンクなど交わしていただろう。とぼけていたが、やはり不純同性交遊をはたらいているのでは」

と絡まれてしまった。

「いいがかりです。堺さんの願望をおれに投影するのはやめてください」

反駁《はんばく》すると、堺は「なにを馬鹿な」と覿面《てきめん》にうろたえていた。願望云々《うんぬん》が図星だったのかもしれない。

あとで「堺さんに気をつけろ」と鈴木に注意しておかねばな、と杏仁豆腐を食べつつ森司は思った。万が一にも間違いが起こってはいけない。第一に夢見が悪いし、気色も悪い。

ふと、チェストのサボテンを見上げた。

――まったく、濡《ぬ》れ衣《ぎぬ》にもほどがある。

「おれは五年間、彼女ひとすじだというのに……」

サボテンのまるみを帯びたフォルム。父の指導で作った、コルクボードと針金のネームプレート。すべてがあの子を思い起こさせる。彼女に結びついている。

「こよみちゃ……」

なかば無意識に呼びかけたとき、携帯電話が鳴った。

部長からのCCメールであった。

文面には外河線事件の、模倣事件とされる二件の被害者の名前があった。三多由貴《みたゆき》、当時会社員。野島友紀子《のじまゆきこ》、当時大学生。二件目の被害者であり軽傷で済んだ野島友紀子は、その後結婚して仙波《せんば》姓になっているという。

なお仙波友紀子は現在『犯罪被害者の会』に所属し、全国で講演するなど精力的に活動している。現在四十四歳で、SNSアカウントも持っているそうだった。

5

SNSのダイレクトメッセージからコンタクトをとってみると、仙波友紀子は思いのほか気さくに応じてくれた。

友紀子が指定したのは、大学近くのファミレスであった。

混雑するお昼どきを避け、部員と北斗で連れだって店へ向かう。

あいにくの雨模様だったが、友紀子はすでに着いていた。

「まさに学生の年代のかたがたに語りかけていきたい、と常づね思っているんです。わたしもその年頃に被害に遭って、人生がまるで変わってしまった。最近は自己責任論がはびこっているようで、『深夜に出歩くほうが悪い』なんて言われがちだけれど、そうではないと声を大にして言いたいわ。悪いのは、あくまで加害者側ですよ」

ショートカットに大ぶりのピアスを着け、タイトなスーツを着た彼女は、お洒落《しゃれ》で若わかしかった。

友紀子は額にかかる髪を払って、

「あの夜の記憶は、何百回、何千回と反芻《はんすう》しました。警察にも何度も話しましたよ。犯人さえ逮捕されていれば、裁判でだって証言できたのに」

と悔しそうに言った。

「では仙波さんは、犯人をはっきり覚えておいでなんですね」

部長が問う。友紀子はわずかに眉《まゆ》を曇らせて、

「ええ。でもスキーマスクのようなものをかぶっていて、顔は見えなかった。覚えているのは小柄だったことと、体格に似合わず力が強かったことです。全身黒ずくめで、手袋もしていた。完全に計画的な犯行ですよ」

「よく助かりましたね」

「そりゃあ、死にもの狂いで抵抗しましたもの。運よく膝《ひざ》が犯人のみぞおちに入ったようで、相手がひるんだ隙に逃げたんです。靴が片方ないと気づいたのは、駆けこんだ交

番で指摘されてからでした。おそらく早い段階で盗《と》られていたんでしょうね。必死だったから、まるで気づかなかったけど」

「失礼ですが、奪われたのはどんな靴でした？」

その問いに、友紀子は恥ずかしそうに笑った。

「ブーツですよ。その頃流行《はや》っていた、ヒールが十五センチ以上あるやつ。いまとなれば、よく普通に歩いていられたと思うわ。でもあの夜は、ヒールのおかげで助かったわね。蹴《け》られた犯人はさぞ痛かったでしょう」

北斗が見せてきた靴の画像と、その中の一足を森司は思いかえした。編み上げの、黒い厚底ロングブーツ。いま目の前に座っている仙波友紀子が、あれの持ち主らしい。

「犯人はわたしにのしかかりながら、ずっと『ユキ、ユキ』と言っていたわ。なぜ名前がわかったか、不思議だったから何度も記憶をたどった。あの夜は電車から降りて、友達としばらく歩いて、コンビニに寄って……。友達とは、二丁目の交差点で別れるまで一緒だったのよ。たぶん犯人はわたしがユキと呼ばれるのを、どこかの段階から聞いていたんじゃないかしら」

「犯人の声も聞かれたんですね」

「押し殺したような声だったから、地声はわからないけどね。でも、覚えてる。いまでも忘れられない」

友紀子はかぶりを振った。

「結果的に軽傷だったとしても、被害者は一生引きずるのよ。わたしはさいわい理解ある配偶者を得られたけれど、みんながみんなそうじゃない。わたしの前に同じ犯人に襲われた女性は、家を売って会社も辞めて、家族ごと県外に引っ越してしまった。被害者は、人生をまるごと狂わされるのよ。

『たいしたことなかったんだからいいじゃない』、『いつまでも根にもってしつこい』と言う人もいる。『なぜ自衛しなかった』と被害者を責める人もいる。でも、一番悔やんでいるのは本人よ。この歳になっても、いまだに夢にみるし、忘れられない。それを『殺されなかっただけましだろう』なんて……。心ない言葉で被害者を追いつめる人が、ひとりでもすくない社会になってほしいの」

窓ガラスを流れる雨粒が、外の景色を仄淡《ほのあわ》く滲《にじ》ませていた。

次の打ち合わせがあるから、と友紀子が帰ってしまったあとも、一行は店に残った。コーヒーに口すら付けない北斗を、藍が覗《のぞ》きこむ。

「どうしたの、川俣くん」

「なんだか最近、雨の日は憂鬱《ゆううつ》になるんです。……これも、霊の影響のうちなんですかね」

北斗は弱よわしく苦笑した。

「仙波さんの『何度も考えてしまう、記憶を反芻して悔やんでしまう』って気持ち、よくわかります。おれも『なんであの日、靴を捨てたんだろう』って後悔してばっかりだ。知ってたらゴミになんか出さず、お寺へ供養に持っていくなり、警察に届けるなりしたのに……。そうすれば、いまごろ靴は遺族のもとへ返されていたかも」

「かもしれないけど、いまさら言っても詮《せん》ないことだよ」

部長がやさしく言う。

北斗は片手で髪を掻《か》きまわして、

「近ごろは家の中で、女性の気配がすることもあるんです。被害者の女性なのかな。ふっといい香りがして、華奢《きゃしゃ》な影が障子の向こうを横切って――。やっぱり、彼女たちはおれを恨んでるんじゃないでしょうか。どうして靴を捨てた。どうして家族に返してくれなかった、って。どうして見捨てた。どうしてあのとき、声を――」

ふつりと言葉が途切れる。

「川俣くん？」

思わず森司は彼の肩を摑《つか》んだ。

北斗の目はうつろだった。虚空を見据え、放心している。

「いえ、……すみません」

心ここにあらず、といったふうに、北斗は曖昧《あいまい》な声を発した。

「きっと、この雨のせいです。雨が激しくなると、なんだか音に責められて、叱られているようで……。すみません。うまく言えませんが……雨はいやです」

6

やはり釘沢家、とりわけ「康作さんと均さんについて知りたいから」と、黒沼部長は北斗を峰家へ使いに出した。

峰へのことづては「釘沢均さんと、学生時代に仲よくしていた人を紹介してもらえませんか？」だ。

均は高校までをこの家で過ごしたという。ならば当時の同級生が、まだいくらか地元に残っているのではないか。

なぜ紹介してほしいのかと問われたら、

「家の奥から、忘れ物らしき貴重品を見つけまして。二十年以上前の商品ですから、佐々田さんではなく釘沢さんがお住まいの頃だと思うんです。おそらく均さんの持ち物かと思うので、ぜひお返ししたく……」

との答えを用意した。とりあえず嘘はついていない。

そう峰に頼みこんでから五日後。北斗は午後一番に、オカ研の部室にあらわれた。

「昨夜急に、釘沢均さんの元同級生を名乗る人たちに居酒屋に呼びだされましてね。無理やり酒に付きあわされましたよ。覚えてられる気がしなかったので、会話は聴講用のＩＣレコーダで録音しときました」

「そりゃあいい。気が利くね、川俣くん」

黒沼部長が揉《も》み手《で》をする。部室には森司とこよみ、鈴木がいた。

北斗はこよみから熱いコーヒーを受けとって、

「全員、均さんと同じ中学に通った元同学年生だそうです。男四人、女二人。均さんのクラスメイトが三人で、同じ部活だったのがひとり。うちひとりが、峰さんの旦那《だんな》さんの、えーと、従兄《いとこ》の子供だとか」

これが音声データです、と北斗はレコーダをテーブルに置き、再生を選択した。

がやがやと騒がしい雑音に、中年女の声が唐突にかぶさる。

「――って、なっつかしい名前！　そういや釘沢くんって、成人式に来たっけ？」

「来てなかったんじゃないか？　覚えてねえな」

応じたのは男の声だ。

「あいつって二浪したんだっけか。三浪？　まだ地元にいた時期としても、恥ずかしくて来れなかったんじゃねえの」

「中学んときは頭よかったのにねえ、釘沢くん。高校入ってから、がたがたっと成績落ちちゃったらしいよね。なにかあったのかな」

「単にまわりのレベルに付いていけなかっただけだろ。よくあることだよ。ガキの時分はよくできても、成長すりゃあただの人」

酒が入っているせいか彼らは口が軽く、しかも毒舌だった。

「焼き鳥食う人ー。あ、おれ次もビール。――って、いま思いだしたけど、おれ一回だけ釘沢ん家《ち》に遊びに行ったことあるわ。すっげえ愛想のいい母ちゃんでさ、なのにあいつ、そっぽ向いたっきり返事もしねえの。こっちが気まずかったな」

「あー、釘沢ってちょっと気取ったとこあったよね。いまで言う厨二病《ちゅうにびょう》？　反抗期こじらせたみたいな、変な暗さ」

「でもお洒落《しゃれ》だったよね、持ち物とか、お金かかってて。覚えてない？　みんな厚ぼったいコート着てたのに、釘沢くんだけ黒のレザーコートなんか着てたの。あの頃、東京で流行《はや》ったやつよ」

「釘沢ん家の父ちゃん、しょっちゅう関東に出張に行ってたらしいもんな」

男のひとりが面白くなさそうに言った。

「あいつ言ってたよ、会社が関東進出にどうのこうので、『親父がいつも家にいないから、残されたおれたちが気まずくて困る』、『その罪ほろぼしのつもりか、親父がやたら家族サーヴィスしたがるんだ。この土産もそのひとつだ』って」

「へー、そんな罪ほろぼしなら大歓迎だわ。あたしならもっと出張行って！　ってお父さんに頼んじゃっただろうな」

「思いだした、あいつドラクエⅢも『親父が買ってくれた』って、クラスで一番早く持ってたんだ。覚えてねえ？　ほら二年のときだよ。名取《なとり》先輩が貸せ貸せって、すげえ絡んで」

「ああ、あのおっかない先輩な」

「……あのう、釘沢均さんがいまどこにいるか、ご存じのかたっていませんか」

北斗の遠慮がちな声がした。

知らないなあ、と応《こた》える声が複数重なって、

「おねえちゃーん、こっちレモンサワーふたつね。釘沢なあ、いまどうしてんだろうな。親は死んじゃったらしいし、同窓会も来ねえし」

「では均さんと、ユキという女性の関わりに心あたりはないですか。たとえば片思いしていたとか、お付き合いしてたとか……」

「ユキ？」

反応したのは、さきほど「一回だけ遊びに行った」と言った男の声だった。

「あれ、ユキって釘沢の姉か妹の名前じゃないか？」

「姉か妹？　なんだそれ、誰の情報よ」

「いや、なんかどっかで聞いた気が……、あ、そうだ」

膝《ひざ》を打つ気配がした。

「釘沢のお祖父《じい》さんが、家ん中で呼んでたんだよ。家族の誰かを『おーい、ユキ』って。それ聞いておれ、ああ姉妹《きょうだい》がいるんだなって思ったんだ。とっくに結婚してそうな歳だし、あいつの行方なんてその妹か姉に訊《き》けば――」

「違う違う、釘沢くんてひとりっ子よう」

女の声が打ち消す。

「あたしが聞いた噂じゃさ、ユキっていうのは先妻さんの名前らしいよ。つまり釘沢くんのお父さんって、バツイチなの。そんで寝たきりのお祖父ちゃんが惚《ぼ》けちゃって、先妻さんと後妻さんの区別がつかなくなったって。これ、当時クリーニング屋のおばさんから仕入れた話——……」

黒沼部長が手を伸ばし、レコーダの再生を止めた。一同を見わたす。

「——だ、そうだ。川俣くんがうまく誘導してくれたおかげで、釘沢家と〝ユキ〟の繫《つな》がりがわかったね」

「でもまだ二説ありますよ。均さんの姉妹説と、先妻……じゃない、ええと、実母説と」

と言った森司に、

「いや、後者の実母説でたぶん間違いない」

と部長は断言した。

「なぜって、音声データの中で元同級生はこう言っていた。『あいつドラクエⅢもクラスで一番早く持ってたよな。二年のときだよ』。ドラゴンクエストⅢの発売は一九八八年。そのとき中二だったなら、均さんの生年は一九七四年もしくは七五年だ。

一方、峰さんは『三十九年前、二十六歳でこの町に嫁いだ』、『真由美さんはわたしより九つ年上で、わたしが来る三年前に嫁に来た』と言っていた。わかるだろう？　真由美さんを均さんの母親とするには、年齢が二年ほど合わない」

そういえば、と森司は思った。

「お母さん似の気さくな青年でしたか？」との部長の問いに、

「まさかぁ」

と峰は答えた。ピントのずれた返しだが、年配の女性にありがちな応答かと思い、聞き流してしまった。あれは「似ているわけがない」という意味だったのか。

「というわけで釘沢均さんを一九七四年生まれと仮定すると、二浪だから進学して家を出たのは、一九九五年になる。県内で二人の女性が襲われた時期と、浪人時代が一致するね」

部長がココアに角砂糖を足しながら言った。

「外河線沿線連続殺人事件は、一九九〇年から一九九三年にかけての犯行ですよね。ほしたら、その頃は関東に住んで――いや違《ちゃ》うな。一九七〇年代からあの借家に住んどったんですもんね、釘沢家は」と鈴木。

「父親の康作さんは、しょっちゅう関東に出張に行っていたそうですね」

こよみが言う。

「また均さんは周囲に『罪ほろぼしのつもりか、親父がやたら家族サーヴィスしたがる』と言っていました。家族サーヴィスって、主に家族みんなで出かけることを指しませんか？」

「なるほど。つまり釘沢康作は土地勘のある関東に、妻子をよく旅行に連れていったのかもしれないな」

森司は首肯した。

「釘沢均は当時、十六歳から十九歳。夜に旅館なりホテルを抜けだすのは、その年なら簡単だったでしょう。電車の路線沿いに犯行が連続したことからして、電車内か駅構内で被害者を物色するのが手口だったんじゃないですか？　仙波友紀子さんの証言と一致しますし、旅行者でも容易に相手を見つくろえる」

幻の〝ユキ〟が幼くして亡くなった彼の実母だとするなら、母の面影を求めて——が動機だろうか。

実母にイメージを重ねた女性を襲い、暴行して殺すのはあきらかに異常である。生育過程のどこかで、性的衝動と嗜好《しこう》が歪《ゆが》んでしまったのか。

「うーん。でもまだ、父親の康作さんという可能性も否定されてないよ。当時もっとも頻繁かつ自然に関東と借家を行き来していたのは彼なわけで、年齢は五十代前半。そのくらいの歳なら、犯行は十二分に可能だ」

そう部長が立てた指を振ったとき、

「……めが、」

低い呻《うめ》きが森司の耳に届いた。

川俣北斗だった。彼は左手でこめかみを押さえ、右手《みぎて》で右耳をふさいでいた。

森司は窓を振りむいた。

雨だ。いつの間にか、また雨が降りはじめている。

濡《ぬ》れたなら、体の芯《しん》まで凍えそうな氷雨であった。大粒の水滴が部室棟の屋根を、窓を叩《たた》く。次第に激しさを増している。

「すみません、雨が……。この音を聞くと、なんでか頭痛がして……」

「川俣くん」

急いで森司は、彼の肩に手を置いた。

「お節介かもしれないけど、──きみ、しばらくあの家に帰らないほうがいい。そうとうメンタルに来てるよ。友達の家は泊まり尽くしたんだっけ？　なんだったら、おれのアパートに」

「いえ」北斗は首を振った。

「ご心配ありがとうございます。でもカプセルホテル……いえ、ネカフェにでも泊まることにします」

こめかみから手を離し、口の端をわずかに吊《つ》りあげる。どうやら微笑したつもりのようだった。

「ご迷惑かけたくないのももちろんですが、人がたくさんいるところのほうが、気がまぎれるんで……。久々に、ネトゲのレベル上げにでも励むとします」

一晩中ヘッドホンしてれば、雨の音も聞こえないでしょう──。そう言って北斗は、ふたたび笑顔に見えない笑みを一同に見せた。

7

居酒屋メンバーが言った〝クリーニング屋のおばさん〟こと『手しごと屋シャボン』の女主人は、今年喜寿を迎えたという堂々たる老婦人だった。

真っ白な髪をボブカットにし、色付きのサングラスをかけている。

膝に猫を乗せてちんまり座った格好だけは老人らしいが、真っ赤なナイキのジャージを肩に羽織り、同じく真っ赤な口紅を塗った唇に、ペパーミントグリーンの電子煙草をくわえていた。

飼い猫が目をひらいて首をもたげる。その双眸《そうぼう》は、オカ研一行からはっきりとこよみだけを見分けていた。女主人の膝からするりと降り、優雅に歩み寄ると、こよみの脛《すね》に鼻づらを擦《こす》りつける。

女主人がサングラスを押し下げた。

「へえ、その猫があたし以外の女になびくとはめずらしい。――ああ、なにしてんの。早く戸を閉めなさい、年寄りは脂肪がなくて寒いんだからさ。クリーニングを頼みに来たって様子じゃないけど、暇だからちょうどよかったわ」

黒沼部長が持参した土産のカステラを頬張りながら、

「ああはいはい。釘沢さんねえ、懐かしい」

と女主人は目を細めた。

「あたしがあそこの旦那《だんな》を『バツイチだ』って言ったって？　違う違う。これだから伝言ゲームはいやだねえ。そんなこと言っちゃいないわよ。だってバツって離婚のことを言うんでしょう？」

「つまり釘沢さんの旦那さんと、先妻さんは離婚していないと？」

部長が渋茶を啜《すす》りつつ問う。女主人はうなずいて、

「法律的にはどうか知らないけどね、正確にはそうよ。あそこの先妻さんは失踪《しっそう》しちゃったんだから、本人の意思もへったくれもないわ」

と言った。

「失踪とは穏やかじゃないですね。くわしくお訊きしてもいいでしょうか」

「いいでしょうかもなにも、あんたらそれを聞きにきたんでしょ。いいけど、なんでいまさら四十年以上前の話を掘りおこしにきたのか、ちらっとでも説明しなさいよ。ある程度すじが通ってるなら、でたらめでもかまわないからさ」

電子煙草片手にそう言う彼女に、

「ではここだけの話で」

と黒沼部長は、現在の住人である北斗が地下室を見つけたこと、座敷牢《ざしきろう》があったこと、

前の前の住人が使った形跡があることを打ち明けた。

ただし七足の靴については隠し、外河線事件の「と」の字も口にしなかった。

「ふうん。ま、いいわ」

女主人は一応納得して、

「あの借家が建ったときのことは、あたしも覚えてるよ。妙ちきりんな家だったからねえ。建てたのは、三文安の道楽息子がそのまんまでかくなったような、箸《はし》にも棒にもかからないおっさん」とずけずけ言った。

「現大家さんは『狂気の創造性に憧《あこが》れて変人のふりをした、ただの俗物』とおっしゃっていました」

「辛口だねえ。でも当たってるよ。いまで言う、えーとなんてぇの、承認欲求？　そういうやつを、あの家を建てることで満たしたかったんじゃないかね」

女主人は三つめのカステラをつまんだ。

部長が膝《ひざ》を進める。

「話を戻しますが、釘沢さんの先妻さんはどんなかたでしたか？」

「いい子だったよ」

あっさりと彼女は言った。

「誰にでも愛想がよくて、にこにこしてね。事故で片脚を失くしたとかで義足だったが、ひねたところのないいい子だった」

「ぶしつけながら、どちらの脚が義足でした？」

「左だったね」

森司は隣の鈴木と、顔を見合わせた。座敷牢にあった靴は、どれも左足用だった。そして先妻は、事故で左脚がなかったという。

「先妻さんのお名前は？ 覚えてらっしゃいますか」

「由岐《ゆき》だよ。理由の由に、分岐の岐」

女主人は即答した。

「預かり伝票に、何十回となく名前を書いたからね。あたしゃ顧客に関してだけは記憶力がいいんだ」

このカステラ美味《うま》いね、と彼女は菓子皿にまた手を伸ばし、

「こっちに引っ越してきたとき、由岐ちゃんはもう妊娠中でお腹が大きかった。腹ん中に均くんがいたのさ。その時点で、正直どうかと思ったね。腹がせり出してきた妊婦に転院させてまで、引っ越しを強行する亭主なんてろくなもんじゃないよ。……あの子はいい子だったから、予感ははずれてほしかった。でも当たっちゃったね」

部長が尋ねる。

「もしかして、それは真由美さんのことですか？」

「そうさ。由岐ちゃんが失踪して半年経たないうち、あそこの旦那は家に新しい女を引き入れた。誰が見たって、前の女房がいた頃からの付き合いさね。表立ってどうこう言

うこたあないにしろ、こっちの目が厳しくなるのも当然さ」

——このへんの田舎だと、地元民は地元民同士で固まっちゃうでしょう。でもわたしと真由美さんはほら、よそから嫁いできた者だから。

峰の言葉を森司は思いかえした。

地元民云々《うんぬん》だけではなかったのだ。真由美は周囲に白眼視されていると知っていた。その理由も、おそらく心得ていた。だから新しく嫁いできた峰と、飛びつくように親しくなった。

「由岐さんは、こちらに何年ほどお住まいでした？」

部長が問うた。

「ええとね、由岐ちゃんが越してきたのが……あ、そうそう、桜田淳子《さくらだじゅんこ》の『わたしの青い鳥』がヒットした年だよ。はじめて見たとき、ちょっと淳子ちゃんに似てると思ったから覚えてるのさ。失踪したのは、その二年後だね。当時、過去の伝票をあらためたから確かだよ」

「失踪に対して、警察の捜査はされたんでしょうか」

「さあねえ。このへんの警察はあてにならないからね。捜すって言ったら子供の迷子と、ぼけ老人の徘徊《はいかい》くらいのもんさ」

女主人は丈夫そうな歯でカステラを咀嚼《そしやく》した。

「まあでも、あたしも人のこた言えんさね。あそこの旦那が新しい女を連れこんだとき、すぐさま『ああそうか』って思ったもん。ああそうか、だから由岐ちゃんは自分から消えちゃったのか、って」

「由岐さんが失踪した当時、均くんはまだちいさかったですよね？」

「二歳になったかならないか、かな。連れていきたかったろうが、我慢したんじゃないのかね。こまかいこた忘れたが、その前年あたりに起こった母子心中事件が、世論にかなり叩《たた》かれたんだ。たぶん由岐ちゃんは、それは避けたかったんじゃないかねえ」

しんみりと言い、渋茶を啜る。

部長はすこし間を置いて訊《き》いた。

「では真由美さんは、しばらくは正式な妻ではなかったんですね」

「だろうね。失踪宣告っての？　あれが認められるまでは、離婚しようにもできないらしいじゃない。でも何年かして、一応入籍したみたいよ。残念ながらその前に、実母でないと均くんにばれたけど」

女主人は宙に目を据えて、

「それまでも、薄うす疑ってはいたようだったがね。中学生のとき、戸籍を見たのが決定的だったらしいよ。均ちゃんは子供の頃から変わった子だったけど、以後はもっと無口な、暗い子になっちゃった」

「どう変わっていたんです？」

「うーん、どう説明したらいいのかね。神経質というか繊細というか――そこにないものが、『視える』と言いだすような子さ」

森司はぎくりとした。

横目で鈴木をうかがう。彼も、頬を強張《こわば》らせているのがわかった。

女主人は彼らの様子には気づかず、

「また、お祖父《じい》さんが亡くなったのもよくなかったね。残ったのは父親と後妻だけ。しかも父親は出張出張でほとんど家にいないときてる。均ちゃんはあの家に、後妻と閉じこめられてしまったのさ。そりゃ情緒不安定にもなるさね」

と眉根《まゆね》を寄せた。部長が言い添える。

「元同級生のかたによると、『高校生になって成績ががた落ちした』そうです」

「無理もないねえ」

女主人は嘆息した。

「しばらく教師のすすめでお寺さんに通って、心は安定したみたいだったけどさ。成績のほうまでは、さすがに手がまわんないもんね。二浪で済んでさいわいだったよ。いつまでもあの家に縛りつけられてたんじゃ、気の毒だもの」

「大家さんのお話では、真由美さんが亡くなったときも、お父さんが亡くなったときも均さんは帰省しなかったとか」

「みたいだね。喪主は旦那《だんな》の兄がつとめたようだ。後妻さんはともかく、旦那のほうは突然死だったからねえ。ばたばたと忙《せわ》しなく片付けていったよ」

電子煙草の吸い口を噛《か》む女主人に、部長は尋ねた。

「つかぬことをうかがいますが、釘沢さん父子は小柄でしたか？」

「へ？」

女主人は意外そうに目を瞬《またた》かせ、

「まあ、旦那のほうは小柄と言えないこともなかったね。百七十センチなかったんじゃない？　均ちゃんは中肉中背よ、そこのあんたくらいか」

と森司を指さした。部長がうなずく。

「では平均的身長だったんですね。最後に、均さんが通ったというお寺を教えていただけませんか」

「教えるもなにも、すぐそこよ。ほら、屋根が見えるだろ」

女主人が窓の外を親指でさす。

なるほどガラス越しに、棟紋《むねもん》の入った大棟《おおむね》が見えた。森司には宗派どうこうはわからないが、いかにも由緒ありそうな風格の寺院である。

「桂照寺《けいしょうじ》さんさ。均ちゃんに説法した先代の住職は亡くなって、いまは長男坊が跡を継いでるよ。当代だって均ちゃんを覚えてるだろうから、行くだけ行ってみたら？」

桂照寺の現住職は大家と同年輩の、しかし正反対の印象を与える男だった。

頭をきれいに剃髪《ていはつ》し、澄んだ柔和な瞳《ひとみ》をしている。色が白く痩身《そうしん》で、浮世ばなれした清廉な空気をまとっていた。

「覚えていますよ、釘沢均さん。小中学校と同じ登校班でしたからね。わたしの二歳下で、頭のいいかたでした」

寺務所は本堂より新しいようで、柱も床も白い木肌を残していた。奥にはすでに、なつかしい達磨《だるま》ストーブが出してある。

部長はお茶をことわって、

「『手しごと屋シャボン』さんからうかがいました。均さんはこちらのお寺に、説法を受けに通われていたとか」と切りだした。

「説法を？　いえいえ、違います」

住職は微笑んで、

「彼は、わたしの母のもとに通っておられたんです」

「ご母堂に？」

思わず、といったふうに部長が問いかえす。住職は微笑を崩さず答えた。

「わたしの母は、見えざるものが視える人でした。残念ながら、わたしは母の血を引きませんでしたがね。……いま思うに、均くんは母と同じだったんだと思います。彼もまた、見なくてよいものが視える眼を持っていた」

「彼にとって、それはさいわいだったと思いますか？」

臆《おく》さず部長は問うた。

「……なんとも答えかねます」

住職がまぶたを伏せる。

「ただ、彼は母ほどではなかった。本人いわく『十歳くらいまでが一番よく視えた。十五を過ぎてからは、ほとんど気配しか感じない』そうでね。葛藤《かっとう》があったようです。『視えても困る。視えなくなっても困る。どのみち楽にはならない』と」

部長は声を低めて、

「立ち入ったことと承知でお訊きします。彼が自分を継子《ままこ》だと知ってしまったことと、葛藤には関係があったでしょうか」

「どうでしょう。一時期荒れていたのは確かです。母に頻繁に会うことで、なんとか自分を律している、といったふうでした」

「均さんとご母堂は、なにを話していらっしゃったんですか」

「くわしくは知りません。でも『切り替える』すべを教えてもらった、と彼が洩《も》らしたことがあります。視たくないもの、聞きたくないものを意図的にシャットアウトする、といったような……。純粋に感覚的なものらしく、わたしにはいまひとつ理解できませんでしたね。それから『封印』の話も聞きました」

「封印？」

「ええ。こちらは『切り替える』云々《うんぬん》以上にわかりづらかった。よくない、よくないもの、を抑えたい、と彼は言っていました。でも詳細は語ってくれなかった。そして『これが終われば、家を出る』とも言っていましたね」

住職は、伏せていたまぶたを上げた。

「その言葉どおり、均さんは翌年に家を出ました。それきり、この町には帰っていません。母の葬儀のときも『参列できない無礼を許してほしい』との手紙とともに、御香典が届いたのみでした」

彼の双眸《そうぼう》はなぜか部長を通り過ぎて、森司をとらえていた。

「均さんにとって、この町とあの家は、生きにくい場所でした。母は『わたしたちのような者は、環境に生きかたを大きく左右されるから』と言っていたものです。……いま均さんが生きやすく在ればいいと、わたしとしては祈るほかありません」

住職の視線は動かない。

われ知らず森司は、住職にちいさくうなずきかえしていた。


翌日、朝刊に数行のベタ記事が載った。

女子大学生が深夜に襲われ、軽傷を負ったという記事であった。通行人が気づいて止めたため、犯人は現場から逃走。警察は強盗もしくは猥褻《わいせつ》目的とみて、捜査を開始したという。

被害者が雪大の学生であり、履いていたブーティを片方持ち去られたとオカ研一同が知るのは、午後になってからだった。

8

被害者の女子学生に会えたのは、週明けの火曜だ。

彼女が工学部のB4、つまり学部四年生と判明したため、非常勤講師の矢田を通してアポイントメントをとってもらったのだ。

しかし平日火曜なため泉水と鈴木はバイト。川俣北斗はネットカフェで風邪をもらってしまい、病院に向かったという。

残る人員は部長と森司、こよみだけである。三人はデパ地下で購入した洋菓子を片手に、女子学生が家族と住まう実家を見舞った。

「ごめんね、まだ落ちつかないだろうに押しかけちゃって。あ、これ資生堂《しせいどう》パーラーのチーズケーキ。矢田先生から、チーズケーキが好きだって聞いたんだ」

「ありがとうございます」

部長が差しだす化粧箱を受けとって、工学部四年の大河内《おおこうち》侑季《ゆき》はほんのり微笑んだ。

まだ笑みに力がなく、頭に巻いた包帯が痛いたしい。

「脳波には異状なかったそうだね。不幸中のさいわい……なんて言っちゃ無神経か」

「いえ、そのとおりです」

侑季は穏やかに言った。

「院試に無事通ったとはいえ、来年の学会申請に向けてテーマを固めはじめていましたから。いま記憶喪失にでもなったら、泣くに泣けません」

「だね。とくに学振《がくしん》を目指すならなおさらだ。――それはそうと、すこし今回の事件について質問してもいいかな。もちろん無理そうだったらこのまま帰るし、いやな質問には答えなくていいよ」

「大丈夫です」

部長の申し出に、侑季はうなずいてみせた。

「刑事さん相手にも何度か話しましたし、正直言って何度も口に出したほうが、客観視できて不安が薄れます。野次馬的な興味で訊《き》かれるのはいやですけど……矢田先生が、『あいつらはそうじゃないし、かたが付いたら、あとでちゃんと事情を教えてくれるから』って」

「信用されてるなあ。ありがたい」

部長は笑ってから、

「――で、あの夜の大河内さんは研究室を出て、帰宅するため電車に乗ったんだよね？　大学から最寄りの駅までは二駅だ。その間、車内に不審な人物はいなかった？」

と訊いた。

「いなかった、と思います。すくなくとも記憶には残ってません」

「電車の中で、誰かと会話した？」

「ええ、友達と一緒でしたから。理学部の同い年の子です。わたしのほうが先に降りますが、それまではシートに隣同士に座ってしゃべっていました」

「ちなみに大河内さんは、そのお友達になんと呼ばれています？」

「なんと、って……。普通に下の名前で『ユキ』って——」

途端に侑季は、はっと口を押さえた。

「そうか。犯人はあの電車の中で、聞いていたんですね。だからあのとき、あいつ、わたしを——」

声が尻上《しりあ》がりに高くなっていく。呼吸が荒くなる。

「いや、待って」

部長は彼女を制して、

「落ちついて、ゆっくり深呼吸して。犯人は——きみを、呼んだんだね？」

「はい」

おぞましい、と言いたげに侑季は両手で己を抱き、ぶるっと身震いした。

「後ろから『ユキちゃん』と呼んできたんです。ああそうだ、思いだしたわ。だからわたし、あのとき足を止めて、振りかえって——」

彼女は白い頬を歪《ゆが》めていた。

「おかしな話ですけど、なんだかすごく、やさしい声だったんです。なんて言ったらいいか——。たとえて言うなら、父親が幼い娘に話しかけるみたいな、甘い声。敵意とか、攻撃欲とか、そういったものを微塵《みじん》も感じさせない声でした。ええ、だからあのとき、つい振りかえったんだと思います」

「相手の顔は見ましたか？」

「いいえ。黒いスキーマスクをすっぽりかぶっていましたから。わかったのは男性だっていうことだけ。たぶん、若い男性です」

「小柄でしたか？」

「え？　いいえ、普通の体格でしたよ。でも、すごい力だった。通りの向こうにいた人が、気づいて駆けつけてくれなかったら……わたし、いまごろどうなっていたかわかりませんん」

侑季はうつむき、額に片掌《かたて》を当てた。

「そうだわ、これ、警察にも言っておかないと。あの声――。どうして忘れていたんだろう、『ユキちゃん』と呼んできた、あの――」

ふつりと語尾が消えた。

侑季はやや顎《あご》を上げ、視線を空に据えていた。唇がなかば開いている。

森司はこわごわと、小声で訊いた。

「お、大河内さん……？　どうしました？」

一拍置いて、侑季が唐突に首を動かす。真正面から目が合った。

度肝を抜かれて硬直する森司に、

「――あの声、どこかで聞いた気が」

ぽつりと侑季は言った。

「どこで聞いたんだろう。思いだせない……。でも、そう、あいつはこうも言っていました。『雨がうるさい』って。あの夜は雨なんか降っていなかったのに、『雨がうるさい。……うるさくてうるさくて、頭がおかしくなりそうだ』と」

9

森司たちはその足で駅前の菓子店へ向かい、見舞いの品を買いなおした。

そして泉水と鈴木のバイトが終わるのを待ち、彼らと合流してから、例の借家を訪れた。家には川俣北斗がいた。風邪のせいでネットカフェにいられず、ここに帰るしかなかったのだという。

時刻はすでに、夜の八時を過ぎていた。

「入るまでもない、なんて言って悪かった。おれが間違ってたな」

LEDランタンを掲げ、泉水が眉《まゆ》をひそめて言う。

「やっぱり先に見ておくべきだった。……気色の悪い場所だ」

泉水は部長を連れ、北斗とともにくだんの地下室へ下りていた。

森司は跳ね上げ戸から上体を傾け、三人が大丈夫そうなのを確認してから階段を下りた。よく言えば慎重、悪く言えば小心なのだ。いくら修羅場をくぐろうが、性格の根っこまでは変わりそうにない。

影響を受けやすい鈴木とこよみは、大事をとって上で待機させておいた。

黒沼部長がしゃがんで、座敷牢《ざしきろう》を覗《のぞ》きこむ。

「大家さんは『こけおどし』と言ったけど、中に人がいた跡があるね。畳が腐る理由はおもに湿気で、とくに血、糞便《ふんべん》、人の脂は腐敗細菌のいい餌だ。中から壁や格子を引っ掻《か》いたり、叩《たた》いた形跡もある。しかし強い力じゃない」

「そう長期間じゃなさそうだが、誰かがここに入れられていたのは間違いないな。この家のあちこちに沁《し》みついた臭いが、ここはいっそう濃い」

泉水が肩越しに森司を振りかえる。

森司は目でうなずきかえした。

臭い、というのは言い得て妙だ。べつだん鼻で嗅《か》ぎとれるわけではないし、嗅覚《きゅうかく》とも関係はない。しかし〝気配〟と形容するほど曖昧《あいまい》ではなく、〝視える〟ほど明瞭《めいりょう》でもないのだ。臭いと言いあらわすのが、一番しっくりくる気がした。

「靴の袋はどのへんにあったの？」

部長が北斗に問う。

北斗の顔いろは青黒く、両の眼球が充血していた。彼は中腰の姿勢で、座敷牢の中を指さした。

「あの奥に。隅に押しつける感じで置いてありました」

「きみにはどう見えた？」

「どうって……最初はただのゴミだと思いました。ビニール袋に詰めこまれていましたし。不気味だとは思ったけど、それだけです」

「大河内侑季さんの件は聞いた？」

「え？　ああ、四年の先輩ですよね。暴漢に襲われたって聞きました。災難でしたね」

「彼女と会ったことはある？」

「ありますよ。研究室をどこにするか迷ってたとき、あちこち見学に行きましたから。確か川崎《かわさき》研究室の人だったかな。川崎先生がその日、おれたちまで飲みに連れていってくれて……」

「らしいね。その夜の飲み会を、学部生のひとりが覚えてたよ」

部長は微笑のかたちに目を細めたまま、

「学部生はこうも言っていた。きみが大河内侑季さんに対し、しきりに『昔の友達に似てる』、『名前まで同じだ』と繰りかえしていたと。どう、思いだせた？」

「いえ」

北斗は首を振った。

演技している様子はない。ほんとうに記憶にないようだった。

いや、と森司は思う。正確には記憶にないのではなく、記憶を無意識に押しこめているか。

「残念ながら大河内さん本人は、酔っていたせいもあってきみを覚えていなかった。でも、声に聞き覚えはあったようだよ」

「はあ」

北斗はぼんやりと突っ立っていた。なにを言われているかわからない、と言いたげに瞬きを繰りかえしている。

彼の唇がひらき、また閉じる。

ふたたび半びらきになった口から、低いつぶやきが洩《も》れた。

「めが、……」

北斗の目は、虚空を見ていた。

「……雨が、降っていますね」

「そう？　ぼくには聞こえない」

「降ってますよ、ほら。……だんだんひどくなる、だんだん」

上体が緩慢に揺れはじめた。表情が弛緩《しかん》している。顔の筋肉がだらしなく緩み、放心と陶酔のはざまに落ちていく。

「川俣くん」

耐えかねて、森司は口を挟んだ。

「きみ、先週はネカフェに泊まったよな？　朝までずっと店にいたか？　ヘッドホンをして、雨の音は聞かなかったんだよな？」

「ええ」

茫漠《ぼうばく》とした目つきで、北斗は首を縦にした。

「泊まりましたよ。いつもの店です。駅前の、いつもの——」

はっと彼は息を呑《の》んだ。

駅、というキイワードに反応したに違いなかった。かすかに、目に理性の光が戻る。しかしそれも一瞬だった。

「頭が、……痛い」

両手で頭を抱え、北斗は上体を折った。

肩が大きくわなないている。髪を掻きまわした指が、頭皮に食いこむ。

彼は唸《うな》り声をあげ、身をよじった。

雨が、と言葉がこぼれる。北斗の脳内で降る雨の轟音《ごうおん》が、こちらにまで聞こえてきそうだった。思わず森司は一歩後ずさった。

臭う。森司は思った。この家と同じ臭いだ。

北斗の体から、いや全身の毛穴から、溜《た》まっていたなにかが噴き出ている。古くよどんだ臭気がはっきりと嗅《か》ぎとれる。

「あめが——……」

呻《うめ》いて、北斗はくたりとその場に崩れ落ちた。

泉水が歩み寄る。肩に手をかけて揺すったが、反応がない。完全に失神していた。

「部長！」

跳ね上げ戸の上から、こよみの声がした。

鈴木の声が重なる。

「見つけましたわ。靴箱の奥に、片方だけのブーティ。黒の本革でサイズ二十三・五。どっからどう見ても、完全に女もんです」

「ありがとう。いま川俣くんを連れて上がるよ」

失神してしまった北斗は、泉水が肩に担いだ。三人で階段をのぼる。

薄闇に慣れた目に、蛍光灯のあかりがまぶしかった。森司は半目になりながら、泉水が北斗を床に寝かせるのを手伝った。

その間に部長はブーティを携帯電話で撮り、大河内侑季に送った。

返事は迅速だった。

「ビンゴだってさ。事件の夜、奪われた彼女のブーティだ」

「ほしたら川俣くんが一連の犯人……なわけないですよね。外河線沿線連続殺人事件が起こったとき、彼は生まれてもおれへん」

「付けこまれたな」

泉水が吐き捨てる。

「この手のやつは、人の不安や心理的外傷《トラウマ》につけこむのが上手《うま》い。心にすこしでも隙間ができたと見るや、蛭《ひる》さながらに食いついて吸いあげる」

「ほんとうの犯人――真犯人が、この家に住んでいたのは間違いないですね。その想《おも》いというか、妄執が家じゅうに沁みついて充満している」

森司は顔をしかめて言った。

部長が北斗を見下ろして、

「川俣くんからは、まだいろいろと訊《き》きたいことがある。……あるけど、今夜は目を覚ましそうにないな。この様子じゃ彼、三日はゆうに寝てないよね。彼自身寝るのが怖くて、無理やり起きてたんじゃない？」

「しょうがねえな」泉水が嘆息した。

「おれが介抱と見張りがてら、この家に泊まるとするさ。また雪大の女子が襲われたんじゃ、寝ざめが悪すぎる」

「じゃあぼくも泊まる」

部長はあっさり言った。

「あ、こよみくんは帰らなきゃだね、確か明日からゼミ合宿でしょ？　鈴木くんも帰ったほうがいい。この時間帯なら、まだバスは出てるよね」

「八神はどうする」

泉水が問うた。

その言葉と同時に、全員の視線が森司に集まる。え、と森司は一瞬詰まった。当然帰ります、と答えようとした。

しかし視線はひとりでに、床の北斗へと落ちた。しばし見つめる。

数秒後、口からすべり出たのは、

「と――泊まります」

という一言であった。

10

北斗は夢を見ていた。

自分でも、ああ半分眠っているな、夢うつつだなとわかる。意識が仄白《ほのじろ》い靄《もや》に包まれ、なにもかもが膜を一枚隔てたように遠い。

彼は、借家の奥座敷に膝《ひざ》をついて座っていた。

欄間に入っていたはずのひびがない。戸に張られた障子紙が真新しい。畳の縁《へり》も擦れておらず、光沢を帯びている。

北斗は己の手を見下ろした。

なんだろう、やけに細い。荒れて皺《しわ》ばんで、静脈が青く浮きあがっている。おれはこんなに手首が細かっただろうか。手の甲に、こんなに染みがあっただろうか。

――違う。これは女の手だ。

眼下にあるのは中年女の手であり、腕だった。

彼は、布団に仰臥《ぎょうが》する老人を世話していた。

老爺《ろうや》の額に、黄ばんだ残りすくない白髪がへばりついている。灰いろに濁った瞳《ひとみ》がうつろだ。饐《す》えた臭気が、ぷんと鼻を突く。

お義父《とう》さん――。

北斗はつぶやく。正確には彼でなく、彼を内に宿した女がだ。北斗はいま女の目を通してものを見、女の脳を通して考えていた。

だから理解《わか》る。この女は釘沢真由美だ。そしてこの老爺は、康作の父親だ。

重吉《じゅうきち》の唇がひらき、歯のない口腔《こうこう》から呻きが洩れる。

「う――ぃ、いぃ」

「はいはい。もう黙って、お義父さん。どうせあたしが誰かもわかっちゃいないんでしょ？　世話してあげるから、せめてその口を閉じててよ」

甲斐甲斐《かいがい》しくガーゼで口を拭《ふ》き、床ずれがひどくならぬよう義父《ちち》を転位させながらも、真由美の心はどす黒く凝《こご》っている。

なぜ自分はこんなところにいるんだろう。人生を無駄にした。こんなはずじゃなかった。

真由美の手が、そうノートに殴り書く映像が浮かぶ。

明けても暮れてもぼけ老人の世話。夫は出張だ残業だと家に寄りつかず、陰気臭い継《まま》子《こ》はこちらを避けるばかりで、口もきこうとしない。

ああ馬鹿なことをした。ほかにもっといい男はいくらでもいたのに。やっぱり若くて婚歴のない、うぶな男にしておけばよかった。利巧なつもりであたしは馬鹿だった。こんなみえみえのババを引くなんて。奥さんに勝った気になって、調子にのって勘違いした――。

北斗は顔をしかめた。

ダイレクトに伝わってくる真由美の思考は不快で、神経にさわった。

この女はいやだ。好きじゃない。

ああそうだ、前も同じことを思った。前もくたびれた女の腕をこうして見下ろし、老人臭を嗅《か》ぎ、彼女を不快に思った。

そうして目覚めて――。ノートを探した。

真由美の意識下に、ノートはほんとうに在った。何度もちらついたノートであった。

驚いたことに、ノートはほんとうに在った。真由美の記憶どおり、台所の柱と壁の隙間に押しこんであったのだ。湿気で波打ち、滲《にじ》んで消えかけている箇所もあったが、おおよそはまだ読めた。

〝ユキ〟への想いが、ノートには連綿と綴《つづ》られていた。

彼はユキを愛していた。だが、失くしてしまった。彼はユキを捜した。捜して、捜して――しかし人違いばかりしていた。どの女も彼の〝ユキ〟ではなかった。

ノートの一ページ目から半分ほどまでは、のたくったようなひどい筆跡だ。しかしなぜか、北斗には読めた。内容が手にとるように理解できた。

それは、ユキへの熱烈なラブレターであった。

彼は一目見たときからユキを愛した。彼女が欲しかった。しかし手に入らない相手だとわかっていた。

彼は悶《もだ》え、焦がれた。

いつしか愛は焦燥に変わり、情欲は憎悪に変わった。彼はユキを憎むようになった。自分のものにならないのならば、いっそ壊してしまいたかった。「壊してしまいたい」が「壊そう」に変化するまでに、さらに数年を要した。

ノートには文章とともに、下手な絵がいくつも描かれていた。

あきらかに素人《しろうと》の絵だ。稚拙で、ときに目をそむけたくなるほど猥雑《わいざつ》だった。大きく狂った体のバランスが、公衆便所の落書きを思わせる。グロテスクすれすれに戯画化しながらも、細部だけは緻密《ちみつ》に描きこんだ絵だった。下手なだけに、異様な執念を感じた。

紙面に何度も何度も描かれていたのは、片脚が不自由らしい女であった。

左脚の膝から下が義足なようで、こまかい装具がごちゃごちゃと描かれている。顔と脚だけが執拗《しつよう》に描きこまれ、ほかのパーツはひどくぞんざいだ。そのアンバランスさに、あきらかに正常ではない執着が匂った。

――ユキ。

北斗の脳内で、その名が鳴り響く。

脳が揺れる。ユキ、ユキ、ユキ。声ならぬ声が女の名を呼ぶ。声の主が彼の頭蓋《ずがい》を鷲《わし》掴《づか》み、意識ごと揺さぶる。

愛情。情欲。殺意。そのすべてが混ざり合い、どろどろに溶けて渦を巻く。

中心にあるのは常に〝ユキ〟だった。

それはユキを求め、捜し、絶え間なく欲していた。

呑《の》みこまれる、と北斗は思った。この飽くなき欲求に、邪心に呑まれてしまう。

北斗は思念の激しい流れに沈んだ。渦に巻かれ、溺《おぼ》れる。浮いてはまた沈み、意識を失いかけ、はっと水面に浮きあがって目覚める。

景色が変わっていた。

あたりは夜だった。

夜闇に、赤い光。警報機が鳴っている。踏切の警報機だ。

目に痛いほどの光は、警報灯だった。かんかんかん、と追いたてるように鳴りつづく。

下りた遮断棹《かん》の向こうを、轟音《ごうおん》をたてて電車が走り過ぎる。

気づけば北斗は、見知らぬ男になっていた。

歩く自分の爪《つま》さきを見下ろす。履き古した革靴だった。体が重い。関節が痛む。若くはない男だと、感覚でわかる。

目の前を、女が歩いていた。暗い小路だ。街灯はほとんどない。人通りもなく、コンビニ等のあかりもない。

男は思う。ユキ。女の背中を見つめながら繰りかえす。ユキ。ユキ。ユキ。ユキ。

やめろ、と北斗は叫んだ。

その女性は違う。おまえのユキじゃない。よせ。ああ、でもあの脚。白い脚。靴。

北斗は——男は女にのしかかっていた。

乱れた着衣。腿《もも》の上まで剝《む》きだしになった脚。そして、女の細い喉《のど》を絞める己の両手。

悲鳴をあげながら、そうか、と北斗は心の隅で納得する。

そうか、やっぱり犯人は釘沢康作だったのか。こうして出張のたび、電車内で物色した女のあとを尾《つ》けて。こんなふうに絞め殺したのか。

ふたたび視界が揺れる。揺れるにつれて意識が霞《かす》み、すべてが薄れていく。

はっとわれにかえる。

北斗はまた女に——真由美になっていた。

あたりを見まわす。覚えのある景色だった。線路沿いに、どこまでも広がる田園。青あおとした稲が夜風になびいている。あの錆《さ》びた看板。傾いた警標の角度。

女が倒れている。後頭部を金属の懐中電灯で殴られ、気を失っている。

真由美は女にかがみこんでいた。その白い脚を開かせていた。器具のようなものを取りだす。それを使って、彼女を——。

だから体液の残留がなかったのか、と北斗は知る。小柄だった、と仙波友紀子は言った。当然だ。彼女を襲ったものは、そのとき中年女の肉体を使っていたのだから。人の脳には安全装置がかかっている。筋肉や骨を損傷させぬよう、普段は力をセーブして本体を守っている。

しかし真由美を操るそいつは、宿主の体が壊れようが頓着《とんちゃく》しなかった。中年女の体軀《たいく》にそぐわぬ力で、それは女を殴り、押さえつけて器具で犯した。

ユキ。頭の中で声が鳴る。

ユキ。ユキ。ユキ。ユキ。ユキ。ユキ。ユキ。ユキ。ユキ。ユキ。

懐かしい響きだ。ぼんやりと北斗は思う。ユキ……ゆき。ゆき。

――ゆきちゃん。

失神した女の顔がぼやける。闇に滲んで、消えていく。

白い顔は、水面《みなも》の月のように揺れながら、幼い女児の顔になった。

ゆきちゃん。

北斗は呼びかけた。ゆきちゃんだ。ああ、あのとき声をかけていれば。雨。ひどい雨。

川の水かさが、みるみる増して。

流されていく白い脚。片方だけ浮いていた、靴。

――どうして見捨てた。

――どうしてあのとき、声を。

ゆきちゃん、ごめんよ。口の中で北斗はつぶやいた。

もう片方を見つけてあげなくちゃ。今度こそ、正しいことをするからね。脚。白い脚。萎《な》えて弱よわしい、しかしなまめかしく映る脚。あの脚に、靴を——。

北斗は目を覚ました。

天井の木目が視界に入る。次いで、体に布団がかかっていると気づく。

同じ部屋で、同じく布団だけをかけて眠っている男たちがいる。ひとり、二人、三人。

どうして彼らが泊まったのか、北斗は知っている。なぜって、朦朧《もうろう》とした意識の底で会話を聞いていたからだ。

北斗は音をたてぬよう起きあがり、布団をすべり出た。

そろりと障子戸を開ける。彼らが目を覚ます様子はない。

北斗は足音を忍ばせ、廊下をたどって借家を出た。冷えた夜風が頬を叩《たた》く。世界は漆黒のとばりに包まれていた。

見わたす限り黒く、静かで、夜だった。

——雨が降っている。

体は濡《ぬ》れていない。アスファルトも乾いている。しかし、雨だと彼にはわかった。冷たい大粒の雨が、耳を聾《ろう》するほどの激しさで天から降りそそいでいた。

——ゆきちゃんを押し流した、雨が。

少女は北上雪希《きたがみゆき》、といった。

小学一、二年次を通してのクラスメイトだ。

雪希は鍵《かぎ》っ子だった。両親は共働きで、夜遅くまで帰ってこなかった。学童保育は金がもったいないと申しこまず、「もうひとりでいられる歳でしょう」と、雪希に留守番を強いた。

北斗はそんな彼女を、しばしば家に招《よ》んで遊んだ。いつもお腹をすかせていた雪希のため、母は手製のクッキーやゼリーをふるまった。

雪希に話しかけづらくなったのは、二年の夏休み以降である。クラスの悪ガキたちが、彼らをからかい、冷やかすようになったからだ。

ことあるごとに「ケッコンかよ」、「あいつら、フウフだぜ」と笑われ、指をさされた。ちょうど自意識が芽生えはじめる年ごろだった。クラスメイトの嘲笑《ちょうしょう》は、生まれたてのやわなプライドをざっくりと傷つけた。

耐えかねた北斗は、雪希から遠ざかった。

「雪希ちゃん、最近来ないわね。あんたたち喧嘩《けんか》でもしたの？」

と母に訊《き》かれたが、曖昧《あいまい》にごまかした。

そのときはまさか、あんな結果になるとは思わなかったのだ。

――そう。まさかあれほどに雨が降るとは。

その年の台風はすさまじかった。記録的な暴風であり、大雨だった。東日本の日本海側は、雪害こそひどいが台風の被害はすくないとされる。生まれてはじめて、北斗は身の危険を感じるほどの豪雨を経験した。

――なのに、おれは声をかけなかった。

黄いろいカバーをかけた、赤いランドセルの背中。

豪雨の中、歩く雪希を見かけた。北斗は迷った。「うちに寄ってけよ。雨ん中うろついてると危ないぞ」と声をかけるか、逡巡《しゅんじゅん》した。

しかし結局、黙って見送った。

からかうクラスメイトの顔が、頭にちらついたからだ。笑われたくなかった。男同士の面子《メンツ》があった。女なんてなんだ、という態度をとりたい年頃だった。

雪希は彼に気づくことなく行き過ぎ――。翌朝、死体となって見つかった。

水かさの増した用水路に浮かんでいるのを、早朝に住民が発見したのだ。かなり流されたらしく、雪希の靴が片方落ちていた地点から、死体発見現場は八キロ近く離れていたという。

雪希の両親は、捜索願を出していなかった。

「帰宅したのは二十三時過ぎ。疲れていたし、友達の家にでも泊まったのかと、深く考えなかった」

と証言し、警察を呆《あき》れさせた。

代わりのように罪悪感を背負ったのは、川俣北斗だった。彼は夜中に悲鳴をあげて飛び起きるようになり、夜尿症とチック症を併発した。

母親は北斗をカウンセリングに通わせた。

彼の心は、次第に癒《い》やされた。記憶も薄れていった。高校生になる頃には、雨の夜に起こす頭痛が、かろうじての名残りだった。北上雪希の名を思いだすことも、いつしかなくなっていた。

——忘れて、自分だけが楽になろうとしていた。

おれがあのとき、声をかけていれば。雨が小止みになるまで、家で休ませてやっていれば。

片方だけ残った靴。もう片方を探してあげなくちゃ。いや違う、違う——。あの脚。白い脚。雪希ちゃん。ゆきはどこだ。ユキ。おれのユキ。ユキ。ユキ。ユキ。ユキ。

「——……ゆ、」北斗は呻《うめ》いた。

「ゆき……」

よろめきながら、彼は歩いた。

足は自然と、線路沿いの道に向かっていた。だってはじめて会ったとき、駅まで彼女を迎えに行ったのだ。ユキ。電車から降りる彼女を、待っていた。

踏切が見えた。

黄いろと黒の警標を、街灯が夜闇にくっきり浮かびあがらせている。遮断棹は上がったままだ。『危険』、『踏切注意』の赤い文字。線路が延びて。そして。

女が歩いていた。

若い女だった。後ろ姿だけでも、美しいとわかる。

薄手のコートの裾《すそ》から、タイトスカートが覗《のぞ》いている。細いヒール。すらりと伸びたふくらはぎ。足首が華奢《きゃしゃ》だ。

女は、ユキだった。

彼には理解できた。彼のユキだと、肌でわかった。ユキは彼を誘っており、彼に求められることを望んでいた。彼を欲していた。

はじめて会ったときからわかっていた。ユキは——彼の獲物《もの》だった。

北斗は前方の女と、すこしずつ距離を詰めていった。けして走りはしない。歩を速めもしない。でも歩幅が違う。自然と、すこしずつ縮まっていく。

女は振りむかない。背中に緊張が漂っている。背後に彼がいることを感じている。

しかし、走れずにいた。疑うことを躊躇《ちゅうちょ》している。走ったら相手に失礼ではないかと、ためらい、自問自答している。

その逡巡が、葛藤《かっとう》がいとしかった。うなじをつたう汗まで匂ってくるようだった。

女の歩みが変わった。

早足になっている。いや、駆け足だ。彼と距離をとりたがっている。あきらかに危険を察知している。

しかしヒールだった。走れはしなかった。彼は追った。愉《たの》しみながら追った。

逃げられないとわかっていた。だってあれはユキだ。ユキ——。おれの、由岐。

北斗は走りだした。薄笑いながら走った。

女が逃げる。だがすぐに距離は詰まる。ヒールとスニーカーでは勝負にならない。

彼は手を伸ばした。肩を摑《つか》む。

女の体がすくむ。掌の下で、女の肩が抗《あらが》った。

楽しかった。抵抗すら快感だった。だから強引に振りむかせて、顔を――。

瞬間、北斗は凍りついた。

女から手を離す。

数歩、後ずさる。

背後から、骨ばった手が彼の肩をとらえた。愕然《がくぜん》と北斗は振りかえった。

黒沼泉水が、八神森司がそこにいた。動けずにいる北斗を、泉水が難なく拘束する。

両腕を後ろに回され、ぐるりと体勢を変えさせられる。

道の向こうから、黒沼麟太郎が悠然と歩いてくるのが見えた。

黒沼部長は眼鏡を指でずり上げ、

「鈴木くん、ご苦労さま」

と女を――女を演じた部員をねぎらった。湿気で波打った、例の古いノートを小脇に挟んでいる。

彼は北斗に顔を向けた。

「さて川俣くん、あらためてちゃんと話そうか。まずは借家に戻るとしよう。――このノートについても、いろいろと訊きたいしね」

11

「せっかく大学祭を逃げきったと思てたら、こんなとこで女装させられるとは。今回は脚が肝心や言うから、脛毛《すねげ》まで剃《そ》る羽目に……」

扮装《ふんそう》をといて嘆く鈴木を、部長が伏し拝んだ。

「ごめんごめん。今度、好みのラーメン奢《おご》るから許して」

「いやまあ、ええんですよ。まさか灘さんに囮役《おとり》をさすわけにいきませんし、おれが演《や》るんはしゃあないですし」

己に言い聞かすようにつぶやく鈴木の隣には、同じく戻ってきたこよみが座っていた。

部長は北斗に向きなおって、

「川俣くんも、だましてごめん。でもきみを油断させたかったんだ」

と告げた。

「きみの様子がおかしくなってから、こよみくんと藍くんに、きみの過去を調べてもらっていた。さいわい川俣くんは県内出身だから、顔の広い藍くんが元同級生を探しあてるのはむずかしくなかったよ。高校がわかれば、小中学校も自然とたどっていける。それぞれの学区と突きあわせて、ユキという名の子がかかわった事件はないか、過去のニュースを掘りおこしたのさ」

部長はこよみにかるくうなずきかけた。

「新聞の縮刷版で、該当のニュースを見つけたのは彼女だ。十一年前の台風の夜、川俣くんの同級生とおぼしき女子児童が亡くなっていた。名は北上雪希。用水路に死体が浮いているのを発見され、死亡が確認された。享年わずか八歳」

北斗がうつむく。青ざめた彼の横顔に、部長は言葉を重ねた。

「ただし、この事件にはつづきがある」

「――つづき？」

かすかに北斗が目線をあげる。

部長は微笑んだ。

「その様子だと、やっぱり知らなかったようだね。新聞記事によれば北上雪希さんの死から三箇月後、犯人が逮捕されているんだ。彼女は用水路に落ちて溺死《できし》したんじゃない。死因は、車に撥《は》ねられたことによる脳挫傷《のうざしょう》だ。遅くまで街をうろつく日が多かった彼女は、変質者に目を付けられていたんだよ」

部長はつづけた。

「裁判記録によれば犯人は、はじめのうち『雨で視界が悪く、誤って撥ねた』と主張していたらしい。しかし家宅捜索の結果、自室から雪希さんの隠し撮り写真が数枚見つかり、『じつは以前からつけ狙っていた』と観念して認めた。犯人は豪雨の音に乗じて、雪希さんをかるく撥ねてから誘拐しようと目論《もくろ》んだんだ。しかし目測を誤り、彼女を用水路まで撥ねとばしてしまった」

北斗は反応しなかった。ただ目を見ひらき、呼吸で肩を上下させている。

泉水が横から言った。

「川俣、当時のおまえはほんの子供だった。あの日も北上雪希を家に招んだとしても、小ずるい変質者を永遠に避けられたかはわからん。大人たちは不安定になったおまえを気づかい、犯人の逮捕や裁判の情報を隠した。それ自体は当然だ。真相を知る機会を失ったせいで罪悪感はくすぶりつづけたが、この借家にかかわらない限り、再燃することはなかったはずだ」

部長があとを引きとる。

「泉水ちゃんの言うとおりだよ。すくなくとも、きみが責めるべきは自分じゃない。雪希さんを殺した犯人はほかにいて、いまだ刑に服している。ぼくは復讐《ふくしゅう》をかならずしも是とはしないが、憎むべき対象がきみ自身でないことは確かだ。ねえ、ぼくの言ってる意味、わかるだろう？」

北斗はまだ呆然《ぼうぜん》としていた。

やがて、その肩がゆっくりと落ちた。

部長はうなだれる彼を目で認めてから、

「――さて」

とノートを掲げた。

「問題はこのノートの書き手というか、本来の持ち主だね。筆跡は四人ぶん。最後の一ページだけがおそらく均さんで、真由美さん、康作さんとさかのぼり……康作さんの父親に戻る。このノートに熱烈な執着を叩《たた》きつけていたのは――」

「釘沢重吉さんです」

こよみが言い添えた。部長がうなずく。

「だそうだ。いまはじめてフルネームを知ったよ。つまり康作さんの父であり、均さんの祖父であり、真由美さんの舅《しゅうと》でもある男だね。彼が次男坊の先妻、つまり由岐さんを愛してしまったことからすべてははじまった」

部長がノートをめくりはじめる。

森司は言った。

「釘沢重吉が、一連の殺人事件および、傷害事件の犯人なんですね」

「そうだ。彼の恋情と妄執は、老人性の認知症によってさらに混乱してしまった。そしていまも、もつれて絡まった状態のままこの家に沁《し》みついている」

部長はため息をついた。

12

森司と泉水、そして部長はふたたび地下室に下りていた。

「……座敷牢《ざしきろう》に押しこめられていたのは、誘拐された女性たちじゃなかったのか」

格子越しに腐った畳を眺め、森司は顔をしかめた。

「釘沢重吉だったんだ、ここにいたのは」

「ノートを見る限り、そう長い間じゃないようだけどね」

重吉自身の筆をたどりながら、部長が言う。

「釘沢一家がこの家に越してきたとき、由岐さんはすでにお腹が大きかった。彼女は翌年に均さんを産み、翌々年に失踪《しっそう》した。そして彼女が消えると同時に、釘沢重吉の認知症は、坂を転げ落ちるようなスピードで進行していく」

部長は顔を上げた。

「康作さんが実父である重吉を、ここに数箇月監禁したのはその頃だ。康作さんは長男である兄に相談し、二人がかりで重吉を座敷牢に運んだ。どうやら康作さんは、妻をどうにかしたのが実父だと、うっすら勘づいていたらしいね。しかし通報する気はなかった。ひとつには警察沙汰《ざた》を恐れたこと。そしてもうひとつは、彼の心がすでに由岐さんから離れていたからだ」

「クリーニング店の女主人が言ってたな。『先妻が失踪して半年経たないうち、旦那《だんな》は家に新しい女を引き入れた』と。釘沢康作は、由岐が生きている頃から真由美と付きあっていた」と泉水。

「そういうことだね。女主人さんの見立てどおりだったんだ」

部長はうなずいて、

「重吉を座敷牢に閉じこめるのは、長男のアイディアだったみたいだね。重吉は進んでいく症状の中、長男坊への恨みごとをせつせつと書き綴《つづ》っている。どうやら折りあいのよくない父子だったらしい」

「長男をさしおいて、次男と同居していたくらいですからね。康作が亡くなったときも、長男が『ばたばたと忙《せわ》しなく片付けていった』そうだから、含むところが多々あったんじゃないでしょうか」

森司が言う。

「好きでもない父の面倒ごとから、逃げたがっていたのは確かだろう。康作さんと兄は、由岐さんの行方を捜しもしなかった。最初から死んだものと思っていたんだろうさ。そうして死体が見つからないのをいいことに、康作さんの死をもって、そそくさとすべてを隠滅した」

部長は肩をすくめた。

「座敷牢の中で、釘沢重吉の認知症はさらに進んだ。すぐ医者に診せていれば、すこしは進行を食いとめられただろうにね。どのみちこんなところに、何年も人ひとり押しこめておけるわけがないんだ。

重吉老人の、その後何十年とつづく凝り固まった恋着と執念は、ここで育《はぐく》まれたと言っていい。なぜって由岐さんを殺したことで、ほんとうなら彼は目的を果たしていた。

彼女は永遠に、彼のものになったはずだったんだ」

「でも」

森司は言った。

「でも重吉は、──それを忘れたんですね」

「そうだ。彼の萎縮《いしゅく》した脳は、由岐さん殺害の記憶をとどめておけなかった。彼女の死体をどう処理したかもだ。兄弟が慰みに与えたらしいノートにも、死体の行方は記されていない。……かくして彼の殺意はいまだ宙に浮き、由岐さんの行方もわからないままだ」

部長は顔をしかめていた。

「釘沢重吉と長男の間に、どれほどの確執があったかは知らない。しかし長男の『死ぬまで座敷牢に閉じこめておけ!』という命令は、さすがに現実的じゃなかった。おまけに康作さんには、まだ乳飲み子同然の均さんが遺《のこ》されていた。釘沢家には、女手が必要だった」

「その女手が、真由美か」

泉水の声に苛立《いらだ》ちが滲《にじ》んでいた。

「勝手な野郎どもだ。釘沢康作は、真由美を家に入れるにあたって、重吉を座敷牢から出したんだな」

「そう。戸板一枚下に人間がいるのを、家人に隠しとおすなんて不可能だからね。第一そのときには、重吉は完全に惚《ぼ》けていた。なにを口走ろうと誰も真に受けやしない、と康作さんは踏んだんだろう。その目論見《もくろみ》はけしてはずれてもいなかった。父の重吉が死んで、彼自身が五十の坂を超えるまでは、だ」

部長はひらいたノートを指でさして、

「重吉の筆跡はここで終わっている。つづきを書きはじめたのは康作さんだろう。字はきれいになっているが、書かれている内容は同じだ。由岐さんへの、永遠に届かないラブレターだね。同じく、この異様なイラストも描き継がれている。外河線沿線連続殺人事件の肉体的な実行犯は、釘沢康作だ」

と言った。

「釘沢父子はここに越してくる前、関東に住んでいた。由岐さんとはじめて会ったとき、重吉は駅まで彼女と息子を迎えに行ったようだね。電車や沿線にこだわるのはそのせいだろう。初対面の記憶が、鮮烈に焼きついているんだ」

「そうして当時、釘沢重吉は五十代のはじめだった」と泉水。

「三十歳以上下の次男坊の嫁に、やつは年甲斐《としがい》もなく懸想した。とくにその不自由な脚に執着した。正気でいられたうちは理性で押しとどめていられたが、老人性痴呆《ちほう》が箍《たが》をはずした。頭は惚けかけても、重吉の体が頑健だったのが、由岐さんにとっての不運だな」

「さらに外河線事件によって、四人の女性が犠牲になった。しかし重吉の意識は満足しなかった。誰も彼の〝ユキ〟ではなかったからだ。そして康作さんを追うように、今度は真由美さんが五十代になる。重吉の意識は彼女に移り、夜な夜な〝ユキ〟を探すようになった」

「仙波友紀子さんが証言した〝小柄な犯人〟は真由美さんですね」

森司は相槌《あいづち》を打った。

「重吉に意識をのっとられていた彼女は、常態よりも強い力を出せた。しかし女性たちを押さえこみ、死にいたらしめるほどの体力と体軀《たいく》はなかった。二件とも未遂に終わったのは、そのせいだ」

「均さんは、両親の様子がおかしいと気づいていたようだね」

部長が言う。

「彼の成績は高校からがた落ちした。お寺に通い、梵妻《ぼんさい》さんに気持ちを落ちつけてもらっていた。それから——」

「『封印』だな」

泉水が言う。部長はうなずいた。

「そう、それ。『よくないものを抑えたい』と彼は言っていた。自分自身の悪心のことじゃない。彼は、祖父を封印したかったんだ」

「おそらく均さんは、成功したんでしょう」

森司は眉根《まゆね》を寄せた。

これが終われば家を出る、と言っていた釘沢均。言葉どおり、彼は翌年に大学に合格して実家を出た。それきりこの町には帰っていない。世話になった梵妻の葬儀にすら来なかったという。

「封じこめに成功したからこそ、彼は家を出、女性襲撃事件は止まり、その後入居した佐々田一家にも影響はなかった。封印を破ったのは、川俣くんでしょうか？」

「だと思うねえ」

部長は顎《あご》を撫《な》でた。

「もちろんわざとではないけども。考えられるのは、靴の袋を座敷牢から引っぱりだしたときかな。もしかしたら、靴そのものが封印だったかも」

あのくたびれたモカシンが、釘沢由岐のものだったのでは――。森司はぼんやり思った。

しかしあの靴はもうない。ゴミ収集車に積みこまれて、おそらくは埋立処分場に運ばれてしまった。

「いや」

泉水がさえぎった。

「封印はまだこの家の中にある。あるからこそ、川俣は踏みこたえていられたんだ。大河内侑季が軽傷で済んだのは、やつがためらって、声をかけるのが遅れたせいだ」

「ということは、まだこの地下室のどこかにある？」

「たぶんな」
「そっか。じゃあ泉水ちゃん、ランタンを天井の金具に掛けてくれる？」部長は言った。「靴の袋を出したときに破れたんなら、座敷牢《ざしきろう》の中か、もしくは付近になにかあるはずだよ。三人でくまなく探してみよう」

LEDランタンに照らされているとはいえ、やはり地下室は薄暗かった。とくに四隅は目を凝らさないと見えない。おまけにじっとりした湿気と、冷気と黴臭《かびくさ》さが満ちている。そんな室内を這《は》いつくばって探しまわるのは、お世辞にも楽しい作業ではなかった。

——とはいえ犠牲者の〝ユキ〟さんを、これ以上増やすわけにいかない。

森司は胸中でつぶやいた。いまここで「やーめた」と帰ったら、また女性が襲われる恐れがあるのだ。

川俣北斗をこの家から引き離したところで、新たな入居者が来るだけだ。たかが大学生の森司たちに、「この家を今後、誰にも貸すな」などと迫る権利はない。

——ユキなんて、よくある名前だもんな。おれの同級生にだって多い。

彼女たちの誰かがもし襲われたなら、寝覚めが悪いどころの騒ぎじゃない。

そう考えたとき、視界の隅がちかっと光った。

いや、正確には光ったわけではない。一瞬白く視えた、というだけである。意識の端に、なにかが引っかかったのだ。

——この感覚は、いつものやつだ。

眼球を通して見たのではなく、おそらく脳を通して直接〝視た〟感覚。

「泉水さん」

森司は泉水を振りかえり、白く視えた箇所を指した。

座敷牢の、奥の奥。壁際である。

泉水が片目をすがめた。

「ああ。——あれだな」

泉水も同意するならば間違いないだろう。森司はそのままの姿勢で這い寄った。

壁と腐った畳の隙間に、なにかが挟まっている。

「牢の中にもぐりこまないと……ですよね。でも、入って大丈夫でしょうか。直接触ったらヤバそうな……」

こわごわと言う森司に、

「じゃ、ぼくが入るよ」

黒沼部長が名乗りでた。泉水が瞬時に顔をしかめる。

「馬鹿言え。おまえにそんな危ない真似させられるか」

「でも、この中で一番鈍感なのはぼくでしょ。すくなくとも八神くんよりも泉水ちゃんよりも影響受けにくいよ。体がちいさいぶん、入りやすいしさ」

「鈍感も敏感もあるか。この手のことに一番耐性があるのはおれだ。おれが行く」

「泉水さんじゃ入れませんよ」

森司は割って入った。

「あんな狭い入り口、無理ですって。格子の間から、腕を入れて取りましょう」

「それこそ無理だ。俺の腕は、あんな細い隙間に入らん」

「じゃやっぱりぼくが」

と部長が言い、泉水がその額を即座にデコピンする。痛《い》たっ、とその場にうずくまる部長のつむじを見下ろして、

「――おれがやります」

森司は悲愴《ひそう》な面持ちで言った。

ああもう、どうしておれってこうなんだろうなあ。人一倍怖がりなのに。臆病《おくびょう》だし腰抜けだし、目立たず平穏に生きるのが人生の目標なのに。なんだってこう、いらない役目を背負う星のもとに生まれてるんだろう。

ぼやきつつ、森司は座敷牢の横側にまわった。

カーディガンを脱ぎ、長袖《ながそで》Tシャツ一枚になる。

幸か不幸か、格子と格子の隙間は森司の腕が入るぎりぎりの細さだった。己の腕が貧弱で、しかも平均より長めな事実を彼は恨んだ。

「八神、直接触るなよ」

泉水が言った。

「袖を伸ばして、布越しにつまんで取りだせ。あとは念のために、どうでもいいことを絶えず考えてろ」

「どうでもいいことって、なんですかあ」

腕を伸ばしながら、森司は情けない声をあげた。部長が泉水を補足する。

「なんでもいいよ。夕飯のことでも好きな女性のタイプでも、とにかく関係ないことで頭をいっぱいにして。泉水ちゃんが言ってたじゃない、この手のやつは人の不安やトラウマにつけこむのが上手《うま》いって。心に隙間をつくっちゃいけない」

そうか、えーとえーと、と森司は必死で考えた。

夕飯といえば、カレーはとっくに食いきった。肉が食いたい。いや刺身でもいい。そういえばスーパーで秋刀魚《さんま》が安い季節だ。脂ののった秋刀魚の刺身。刺身刺身。締め鯖《さば》でもいい。

好きな女性のタイプ……は、ロングヘアもいいけど、どっちかっていうとショート。おれより十五センチくらい小柄で、茶髪より黒髪がいい。清楚《せいそ》で知的。歳はひとつ下だけど同学年。動物好きというか生き物全般が好きで、一見おとなしそうなのに自分の意見はしっかり言える子。猫が好きで、サボテンとプチトマトを栽培――。

森司の指が、なにかに当たった。

暗くてよく見えない。袖の布越しの感触だけを頼りに、指さきでつまんで引きずり出す。意外と重い。

紙片に硬いものがくるまれているのだ。感触でわかった。

紙は湿気でぐずぐずだった。途中で千切れませんように、と森司は祈った。祈りながら、すこしずつ引きだした。

こよみの顔が浮かんでは消える。藍が、鈴木が浮かび、かつての級友が浮かんだ。

掌に、ずしりと重みが落ちた。

森司は急いで腕を引いた。

勢いあまって、そのまま後ろに倒れこむ。倒れながら、泉水に掌を差しだした。

「これ、――これです」

なぜか、全力疾走したように息が切れていた。背中が粘い汗で濡《ぬ》れている。

「こいつが、釘沢均さんが残した封印です。どういう原理なのか、さっぱりわからないけど――これで、二十年以上釘沢重吉を封じていたのは間違いありません」

泉水は森司の手から、それを取った。

くるんでいた紙片を広げ、かすかに口もとを歪《ゆが》ませる。

紙片は、破りとった例のノートの一部であった。乾いた古い血で、べったりと汚れていた。

中身は、くさび形をした金属製の留め金だった。長年の湿気のせいだろうか、腐蝕《ふしょく》がひどい。びっしりと錆《さ》びに覆われて、赤茶に膨れあがっている。

「義足の留め具か」

部長は言った。

「釘沢由岐さんの義足を留めていたものだ。さっきまでは仮説だったが、これがここにあるということは、彼女は百パーセント生きちゃいないね。……さて、留め具は封印云々《うんぬん》を伝授した、桂照寺さんに届けるべきだろうな。肝心の梵妻《ぼんさい》さんはもういないけど、実子の住職ならなにか知ってるかもしれない。警察にだって、ぼくらよりお寺さんから通報してもらったほうが話が早いしね」

なにより由岐さんの遺体のありかは、プロの警察に捜してもらうほかない――。

そう言って部長は嘆息し、前髪を掻きあげた。

13

疲れきってアパートへ帰る。

部屋は、しんと静まりかえって冷えていた。

カレーの香りはとうに消え、コンロの鍋《なべ》にはインスタントのコーンスープがわずかに残っているきりである。

森司は後ろ手に施錠した。スニーカーを蹴《け》るように脱ぎ、かばんを床に投げだすと、

「ただいま、こよみちゃん……」

とサボテンに挨拶《あいさつ》をした。

ついさっき、本物の灘こよみとアパートの前で別れたばかりだ。泉水のクラウンに乗って去る彼女と、ガラス越しに手を振りあった。しかしそれはそれ、これはこれである。

サボテンに「ただいま」を言うのは、すでに習慣のひとつだった。

義足の留め具と血で汚れた紙片は、ジップロックに入れ、いったん部長が預かった。部長と泉水は今夜オカ研の部室に泊まり、留め具の〝寝ずの番〟をするという。明朝早くに、桂照寺へ持っていく予定だそうだ。

川俣北斗は、非常勤講師の矢田に連絡して引きとってもらった。いまだ呆然《ぼうぜん》としている北斗を、あの家にひとり置いておくわけにはいかない。

「任せろ。おれのアパートはどうせ入れかわり立ちかわり学生が来る。一週間くらい置いてやっても、騒音さえ出さなきゃ全然かまわん」

と矢田は胸を叩《たた》いて引き受けた。

「しかし、片想いって怖《こ》えーなあ……」

ひとりごちながら、森司はキッチンの棚から袋ラーメンを取りだした。

かなわない恋着とは、かくも強く長く、死後まで残ってしまうのか。

ひとりの男が息子の妻に恋をしたせいで、関係のない四人の女性が命を落とし、三人がトラウマを負う羽目となった。

おれはああはなるまい、と森司は己をいましめた。たとえ彼女への想いがかなわなくとも、彼女自身や誰かを傷つけることだけはすまい。

恋は呪いに似ている、と言ったのは誰だったか。しかし森司は、恋は恋にしておきたかった。この感情は自分の一生の中でも、たぶん一番きれいな気持ちだと思うのだ。たとえ相手が自分自身であっても、誰にも冒瀆《ぼうとく》させたくなかった。

そんな思いと裏腹に、

「腹へった……」

と口は勝手に動いて、美しくない台詞《せりふ》を吐く。

森司は冷蔵庫から卵をひとつ出し、布巾《ふきん》の上に置いた。

卵が常温に戻る間にシャワーを浴びる。体と髪をざっと洗い、パンツ一丁でドライヤーをかける。

同じくパンツ一丁のまま鍋に水を張り、コンロにかけた。湯が沸くまでに、寝巻き代わりのスウェットを着る。沸騰したら袋ラーメンを放りこみ、硬めにほぐれたところで卵を割り入れる。火を止めて、粉末スープを入れれば出来あがりだ。

鍋のままでいいかと一瞬迷ったが、やはり丼《どんぶり》に移しかえた。あとは夜のニュースを観ながら、掻きこむように食らうだけである。

丼は明日洗おう、と洗い桶《おけ》に浸《つ》けておく。

時計は午前一時を指していた。

またこんな時間に食ってしまった。まあいい、ランニングをすこし増やそう。今日はとにかく、歯をみがいて寝てしまおう。

電気を消し、森司は布団にもぐった。

まぶたを閉じる。眼裏《まなうら》に数秒、残像のような光が瞬く。

――ここ数日で、〝ユキ〟って名前を十年ぶんは聞いた気がするな。

由紀、有輝、雪希、夕貴、侑季、由岐……。ユキなる名の漢字にこれほどバリエーションがあるとは、いままで意識したこともなかった。

歴代の同級生には〝ハルカ〟が多かったが、〝ユキ〟もすくなくなかった。ユキナやユキノ、ユキホを加えれば二十人はいたかもしれない。

そういえば小学生のときの担任が、由起子といった気がする。クラスメイトにいたのは優稀、柚希、祐輝、由樹、夕姫。中学時代のほんの短い間、一緒に下校した女の子も、確か由紀奈という名だったような……。

意識がゆっくりと落ちていく。

睡魔にさらわれていく。

世界が薄闇に閉ざされ、いったん無音になり、そして、ふと浮上する。

気づけば森司は、夜のただ中にいた。

けたたましい音が耳をつんざく。かんかんかん、と鳴っている。

警報機だ。踏切の警報機であった。

夜闇に真っ赤な警報灯が光っている。遮断棹《かん》が下りている。白地に緑線の入った普通列車が、時速八十キロで走り過ぎていく。

歩く自分の爪《つま》さきが見えた。強烈な既視感に、一瞬頭がくらりとする。だがめまいはすぐに薄れ、駆け抜けた違和感とともに消えていく。

目の前に、女の背中があった。

若い女だ。シルエットが細い。あたりは暗く、人通りもない。どこか遠くで、さかんに犬が吠《ほ》えている。

——ユキ。

森司の脳内に、男の声が響いた。

聞き覚えのない声だった。しわがれていた。しかし奇妙にしっくりと耳に馴染《なじ》む。まるで、そう。

——己の声と、聞きまごうほどに。

ユキ。ユキ。ユキ。声が頭蓋《ずがい》の中で鳴りつづく。やむ気配はない。次第に大きく、高くなっていく。ユキ。ユキ。ユキ。ユキ。ユキ。ユキ。ユキ。

森司は感じた。男の欲望を、突きあげるような衝動を感じた。腕に鳥肌が立ち、下腹がざわついた。

森司の視線は、女の背中に吸いついていた。

やめろ、と叫びたかった。だが声は出なかった。その女性は違う。おまえのユキじゃない。よせ。ああ、でもあの脚。白い脚。

まぶたの裏で、いくつもの映像がフラッシュバックする。まくれあがったスカート。赤い光。白い腿《もも》をつたう血。剝《む》きだしの膝《ひざ》。足首で丸まったストッキング。片方だけ脱げたパンプス。女の細い喉《のど》を絞める、己の両手――。

はっと、森司は目を覚ました。

あたりを見まわす。

住み慣れた部屋のはずだった。なのに、はじめて見る部屋のように感じた。

手の甲で額を拭《ぬぐ》う。冷たい汗でねっとりと濡《ぬ》れていた。

――喉が渇いた。

ひりつくほどに渇いている。だが水を飲もうとは思わなかった。

この渇きは、違う。水で癒《い》やせる餓《かつ》えではなかった。いまの彼にはわかった。心から、理解できた。

もうひとりの自分が「立て」と脳内で命じていた。だが森司は立ちたくなかった。手足がぎくしゃくと勝手に動き、彼はその場に両膝《りょうひざ》を突いた。

体が言うことを聞かない。

頭蓋の中で鳴る声は、森司が立ちあがり、この部屋を出ることを望んでいた。アパートを出て、女を捕らえることを。

とうに終電は出てしまった。この時間帯に走っているのは夜行と貨物列車だけだ。だが歩いている女はいるかもしれない。ならば、それがユキだ。彼のユキだった。

違う、と森司は抗《あらが》った。

呑《の》みこまれそうな意識の中で、違う、どの女もおまえのユキじゃない――と叫ぶ。しかし声は出なかった。逆に、頭蓋で鳴る声は大きさを増すばかりだ。

森司は恐慌にみまわれた。

これは、こいつは、おれをのっとろうとしている。おれの意識を押し流し、塗りつぶしてしまおうとしている。

――おれの体で、新たな〝ユキ〟を殺そうとしている。

森司は悲鳴をあげた。しかしその声は、やはり喉の奥で消えた。

そうか、こいつは慣れているんだ。森司は愕然《がくぜん》とした。これがはじめてじゃない。こいつは熟練している。そして二十年以上眠っていたぶん、激しく餓えている。

森司は脚を動かした。布団に戻りたかった。だが体は彼の意思に反して立ちあがった。ひどくぎこちない動きで、よろめきながら立った。

よせ、やめろ。森司はわめいた。

おれは誰も襲いたくない。人殺しなんかしたくない。

頬の裏側をきつく噛《か》んだ。歯が口腔《こうこう》粘膜を噛み破る。痛みで意識を取りもどそうとしたが、無駄だった。口内に広がった鉄臭い味は、やつを喜《あ》ばせただけだった。

玄関に向かおうとする己を、森司は止めようと足掻《あが》いた。筋肉が痙攣《けいれん》する。手足が、操り人形のごとく不自然に跳ねる。

黒い感情。殺意。強い衝動が、彼をひたひたと侵していく。

染めあげられる。抗えない。

――抗えない。

森司は身をよじり、絶叫した。叫んだつもりだった。やはり声は出なかった。力ない吐息が洩《も》れただけだった。

だが、充分だった。

森司は怒鳴りながら、手足を操ろうとあがいた。自分の中にいるそれが、彼の叫声を殺そうと躍起になっている。その隙に、持てる力すべてを使って、体の向きを変えた。

全身の関節が、ぎしぎし軋《きし》んだ。

湧きあがる殺意は消えない。欲望も消えない。

――でも、人を殺すくらいなら。

森司は歩いた。脚を引きずり、首をねじ曲げ、左右の腕を不揃いに振りまわしながら、一歩、二歩と進んだ。

目の前には窓があった。

ここは二階だ。真下は舗装されている。窓から落ちたなら、骨折程度で済むかわからない。体が操れないのだから、受け身もとれない。頭から落ちれば死ぬか、脊髄《せきずい》を損傷して半身不随になるかもしれない。

それでも、誰かを殺すよりはマシだった。

こいつは殺したがっている。ユキ。ユキ。ユキ。ユキ。いまも脳内でわめいている。

でもユキさんは、おまえにくれてやらない。もう誰も殺させない。今夜おまえが手に入れられるのは──せいぜいで、おれの死体だ。

森司の利き手が、窓枠にかかった。片足をかける。錠を撥《は》ねあげようとした、その刹那《せつな》──。

「先輩！」

鼓膜を高い声が打った。

瞬間、森司は動きを止めた。総毛立つのが自分でもわかった。ざわり、とうなじの毛まで逆立つ。吹きこんできた冷気が、一瞬にして全身を粟立《あわだ》たせた。

「──な、」

喉が震えた。

「灘……」

玄関戸を開けはなったまま、こよみが駆けこんでくる。どうして、と問いたかった。どうしてきみがここに。鍵《かぎ》は。しかし思考は、なかばで途切れた。

こよみは森司の背中に飛びつき、窓から彼を引き剝《は》がした。

森司は大きくバランスを崩した。踏みこたえようとしたが、できなかった。こよみごと、もつれるように床へ倒れる。

咄嗟《とっさ》に、ごめんと言おうとした。ごめん灘、痛かったか、と。

しかし口にする前に、喉からほとばしったのは悲鳴だった。

こよみは錆《さ》びた塊を手にしていた。くさび形の留め金だ。びっしりと赤茶の錆びに覆われ、一回りも膨れている。

かつては義足の留め具だっただろうそれが、いま、森司の額にきつく押しあてられていた。

頭の中で声がする。ユキ。ユキ。ユキ。釘沢重吉の声だ。きみのお母さんは、滅多にいないまぶしい人。かつて森司自身が耳にした声も、記憶の底からよみがえる。

ああそうだ、桂照寺の奥さんは、きっとおれの母親と同じだ。

まぶしい人。悪しきものを寄せつけない人。おれの母はやりかたを知らないけれど、彼女は心得ていた。心得ていたからこそ寺に嫁ぎ、檀家《だんか》の悩みに耳を傾け、釘沢重吉を二十年もの間封じこめた。

頭蓋で響く声が、すこしずつちいさくなる。

ユキ。ユキ。ユキ……。次第に弱まり、消えていく。ユキ。ユキ。――……

――ユキ。

静寂が落ちた。森司はまぶたを上げた。

ゆっくりと、首をもたげる。

「な……、灘」

どうして、と呻《うめ》くように訊《き》いた。

こよみが起きあがり、乱れた髪のまま微笑んだ。片手に錆びた留め具を持ったまま、もう片手に持った〝それ〟を掲げる。

「――先輩がくれた、合鍵です」

森司は目を見張った。

確かに、いつぞや彼自身がこよみに渡した合鍵であった。

「『来たくなったらいつでも来て』って、先輩、あのとき言いましたよね？　泉水さんの車から降りた先輩の目が、いつもと違った気がして……。来たくなったので、来てしまいました」

勝手に入ってすみません――。こよみが頭を下げる。

「無理を言って、部長から〝封印〟を預かってきたんです。明日《あした》の朝、代わりに桂照寺さんへ届けに行かないと」

「あ、――ああ、うん。そうだな」

森司は間の抜けた相槌《あいづち》を打った。

「一応、来る前に三回電話したんですよ。でも先輩が出なかったから、心配で」

「そっか、ええと……ありがとう」

森司は言った。

まだ頭に靄《もや》がかかっている。こめかみが痛み、まともにものが考えられない。おまけに膝《ひざ》から下が震えて立てない。

はっきりと目に映るのは、眼前にあるこよみの笑顔だけだ。

窓ガラスの向こうでは、晩秋の夜がひんやりと湿っていた。

森司が手足の感覚を取り戻すのを待って、携帯電話のアプリでタクシーを呼んだ。五分で着くとの返答であった。

二人で部屋を出て、アパートの前で待つ。

今夜はこよみをタクシーに乗せて、安全に帰さねばならない。「いつか夕飯に」と招待はしたが、それが今日でないことは確かだ。第一、時刻が遅すぎる。

息をふっと吐き、その白さに森司はすこし驚いた。

いつの間にか夜の気温はこんなにも下がったらしい。そういえば空も、やけに森閑と澄みわたっている。

「灘、寒くないか」

「大丈夫です。マフラーしてますし、今日の格好、意外と厚着なんです」

こよみが答えた。

そうは見えないけどな、と言いかけて森司はやめた。代わりに、気にかかっていたことを訊く。

「あの封印、灘が持っててもなんともないのか？　よく使いかたがわかったな」

「泉水さんが運転してる間に、部長が桂照寺さんに電話したんです。『一番影響されないのは、被害者像に近い若い女性』だそうでした。つまり、部員の中だとわたしですね。釘沢重吉にはじめて会ったときの由岐さんと、いまのわたしは同年代なんだと思います。それから『男性は、額以外では触れないほうがいい』とも言われました。だから額、額って、心の中でずっと唱えていたんです」

「じゃあ釘沢重吉と由岐さんの間に、額にまつわるエピソードでもあったのかな」

「かもしれませんし、そうじゃないかもしれない。いまとなっては解明できませんね」

こよみが夜空を仰いだ。

雲の切れ間から、点描を散らしたような星が覗《のぞ》いている。残念ながら森司は星座にくわしくない。こんなとき、ロマンティックな会話のひとつもできない。

近いうち、星座アプリをダウンロードしておこう——と心に決めたとき、目の前でタクシーが停まった。

「八神さんですか？　中興交通タクシーです」

「あ、はい。お願いします」

後部座席のドアが開いた。

先に森司が上体を入れ、ドライバーにたたんだ千円札二枚を渡す。体を引いて、こよみを座らせた。

「えっと、じゃあ、おやすみ」

「はい、おやすみなさい」

「今日はほんと、ありがとうな。わざわざ来てくれて、助かった。ほんとに助かったよ。それに、あの、なんというか――」

ドライバーが、ドアを閉めるか決めあぐねている。

森司は早口で言った。

「ほ――、惚《ほ》れなおした」

言うが早いか、ドライバーに手を挙げて合図する。こよみの顔は見なかった。

ドアが閉まる。タクシーが滑るように走りだす。

森司は両手をポケットに突っこみ、肩を縮めて、しばらくタクシーを見送った。やがて、ほう、と大きな白い息をひとつ吐いて、きびすを返す。

アパートの外階段をのぼり、自室に戻った。

まだ室内に甘い香りがするように思うのは、ただの錯覚だろうか。つい二十分前にはあれほど恐ろしい思いをしたのに、いまは胃のあたりが温かい。

クロッグサンダルを脱ぎ、居間に一歩入って――。

森司は青ざめた。

チェストの上の鉢が、この位置からだと正面に見える。そして手製のネームプレートもだ。プレートがうまい具合にこちらを向いていて、もろに読みとれる。むろんKではじまる、あの子の名前が。

森司はよろめき、壁に背を付けた。

格好つけたつもりだった。いや自分は助けられた側で、むしろヒーローは彼女なのだが、それでも最後の台詞《せりふ》で多少なりと挽回《ばんかい》したつもりだった。

――まさか、これを見られていたとは。

どう思われただろう。すこしでも嬉《うれ》しいと思ってもらえたか、それとも引かれたか。もし引いていたなら、あんな台詞は逆効果だ。いやでも見なかった可能性もあるし……いやいや、こんな目立つところに置いておいたのだから、そんなわけはない。

しかしこよみちゃんはおそらくおれに好意を――と思ったそばから、「おまえに女心がわかるのか」と第二の自分が容赦なく突っこんでくる。確かにおれに女心はわからない。わからないが、しかし――。

その瞬間、母の声が脳裏によみがえった。

――あんた顔つき変わってない？　なんか、気持ち悪い。

そうだった。おれは、生みの母親にさえ気持ち悪いと言わしめた男なのだった。

やはり駄目か。つい三分前の己の所業が悔やまれる。いったいおれは、なにを血迷ってあんなに意気がってしまったのか。

思わずその場に片膝《かたひざ》を突く森司を、蛍光灯が無情に白く照らした。

エピローグ

午後二時を過ぎた学食は、ランチのピークを過ぎて利用者もまばらだった。

森司はひとり、端のテーブルに腰かけてぼんやり外を眺めていた。

いい天気だ。これから寒くなる一方だろうが、ひさしぶりの晴れ間である。気温も昨日よりぐっと上がり、小春日和というやつだ。

だが森司の心は吹雪いていた。

——あれから、こよみちゃんと会えていない。

べつだん会うのを拒否されているわけではなかった。ただ〝人間形成に関わる文化人類学的フィールドワークの実習〟がどうとかで、こよみは三泊四日のゼミ合宿に行ってしまったのだ。おまけに行き先は、無線LANどころか携帯の基地局すらない山奥の秘境で、メールひとつできないときている。

——予定では今日の夕方に帰ってくるらしいが。

果たしてどんな顔で出迎えていいのやら。そう思うと、オカ研の部室に行く元気も起きなかった。

かくして森司は朝から、講義に出ては学食のテーブルに戻り、また講義に出ては学食に、の作業を繰りかえしていた。

味噌汁《みそしる》とカレーと揚げ物の匂いがたちこめる学食で、森司はアンニュイに頰杖《ほおづえ》をつく。

ガラスの向こうを行き過ぎる学生たちは、みな楽しそうだ。

みんな笑顔で、忙しそうで、仲がよさそうだった。孤独でせつないのは、世界じゅうで自分だけのような気分になってくる。

何杯目かの無料サーヴィスの番茶を啜《すす》り、森司は意味もなく携帯電話を掌でもてあそんだ。

川俣北斗は、まだ矢田のアパートで寝泊まりしていた。すこしずつ回復してはいるが、まだ本調子ではないという。大河内侑季に謝りに行くのは、精神的に安定してからになりそうだった。ただ借家は、近いうちに引きはらう予定でいるらしい。

例の封印は、ゼミ合宿に発《た》つ前に、こよみが手ずから桂照寺の住職へと届けた。

住職から大家に話を通し、「地下室を完全に封鎖してもらえるよう、手はずをつけるつもりだ」と部長伝手《づて》で聞いている。

本来なら三十年前にすべき手順だった。だが身内である釘沢均は、大ごとにしたくない一心だったのかもしれない。

なお住職は「外河線沿線連続殺人事件との関連について、大家さんにはぼかしておきたい。彼まで気に病ませることはない」と主張した。

しかし危機感は持ってもらいたいからと、釘沢重吉の執着や由岐さんの失踪《しっそう》、均さんの苦悩については説明する、と決めているそうであった。

森司の掌の中で、携帯電話が鳴った。

LINEであった。オカ研全員のグループLINEだ。

発信者の名は『灘こよみ』。

森司の心臓がどくりと跳ねた。だが内容は全員に向けたもので、

「いま駅です。やっと携帯のアンテナが立ちました。お土産コーナーにいるんですが、この中のどれがいいですか?」

という、あたりさわりない一文だった。売店の商品を撮った画像が添付されている。

「ぼくカスタードクリーム系ならなんでもいい」

部長のアイコンがいち早く反応する。つづいて藍が、

「右端に見える、和柄のがま口ポーチかわいい! 二人ぶんお金出すから、こよみちゃんとお揃いで買ってきて」と書きこむ。

「おれはなんでもいい。本家が好きそうなやつで」これはもちろん泉水だ。

「灘さんのチョイスを信じます」

と、鈴木らしい吹きだしが表示され、残るは森司のみとなった。

しばし森司は迷い、

「おれも、部長と同じのを」と、無難中の無難と言うべきレスポンスを打ちこんだ。

いまはこんな返事しかできそうにない。藪《やぶ》をついて蛇を出したくない。

送信して、ふたたびアンニュイに窓の外を眺める。

と、携帯電話がさっきとは違う音色で鳴った。

今度はＬＩＮＥでなくメールだ。森司は薄目で携帯電話を見下ろした。送信者の名は、『灘こよみ』である。

「八神先輩、おはようございます。ＬＩＮＥでも書きましたが、いま駅です。朝早く発ったので、あれから連絡できませんでした。体調は大丈夫ですか？」

気遣ってくれている。文面に、引いた様子や嫌悪は見られない。

森司はほっとして、いそいそと返信した。

「ありがとう。こっちは問題ない。でも川俣くんはまだ、矢田先生の家に……」

その後の一同の様子を、ひとくさり説明して送る。

こよみからお礼と「安心しました」の返信が届いた。つづけざまに、グループＬＩＮＥの着信音が鳴る。

パイ生地の菓子とスポンジケーキの画像。ならびにがま口ポーチの柄違いがいくつか表示された。お菓子の中身は、どちらもカスタードクリームらしい。

部長はパイ生地を選び、藍は麻の葉柄を選んだ。こよみは矢絣《やがすり》文様のポーチに決めたようだ。では買って帰ります、とこよみがラインを締めくくる。

「気をつけて帰ってこいよ」

森司はせめてものメールを送った。

送ってから、あとは電車に乗るだけなんだから気をつけるもなにもないな、と悟る。付け足しで「こっちは風が冷たいから、あったかくして」と送り、直後にお節介おばさんかよと反省し、「女の子はお揃いができていいな」と重ねて送る。

——いかん、これじゃただのうざい男だ。

どうしておれは、やることなすこと……。と自己嫌悪にまみれる森司の掌で、何度目かの着信音が鳴った。

メールだった。こよみだ。

「言おうかどうか、迷ったんですが」

と言う出だしだった。

森司の頬が、はっと強張《こわば》る。

「——じつは、わたしと先輩もお揃いなんです」

文章はそれだけだった。

画像が添付されている。森司は指でスクロールした。

サボテンの画像であった。彼自身が数年前に、こよみへ贈ったサボテンだ。栄養がいいのか、ずいぶん大きくなった。鉢替えもしたようだ。

サボテンの鉢に、ネームプレートが立っていた。

ローマ字ではなかった。平仮名のスタンプもあったんだな、と森司は思った。そうしてそれは下の名前で、「さん」付けであった。
一陣の風が吹き、すっかり色づいた銀杏《いちょう》の枝を揺らす。
はらはらと黄が散る向こうに、秋空が広がっていた。

引用・参考文献

『世界不思議百科』　コリン・ウィルソン　ダモン・ウィルソン　関口篤訳　青土社
『日本古典文学幻想コレクションⅠ　奇談』　須永朝彦　国書刊行会
『日本古典文学幻想コレクションⅢ　怪談』　須永朝彦　国書刊行会
『フリークス　秘められた自己の神話とイメージ』　レスリー・フィードラー　伊藤俊治・旦敬介・大場正明訳　青土社
『甲子夜話6』　松浦静山　中村幸彦・中野三敏校訂　東洋文庫
『名古屋叢書　雑纂編第2　第25巻』　名古屋市教育委員会編　名古屋市教育委員会
『コリン・ウィルソンの犯罪コレクション』下　コリン・ウィルソン　関口篤訳　青土社
『犯罪ハンドブック』　福島章編　新書館
『日本人の犯罪意識』　青柳文雄　中公文庫
『定本　二笑亭綺譚』　式場隆三郎他　ちくま文庫

本作は書き下ろしです。この作品はフィクションです。
実在の人物、団体等とは一切関係ありません。